Cicatrices
de la memoria

Sealtiel Alatriste

Cicatrices
de la memoria

Cicatrices de la memoria

Primera edición: junio, 2019

D. R. © 2019, Sealtiel Alatriste
c/o Schavelzon Graham Agencia Literaria
www.schavelzongraham.com

D. R. © 2019, derechos de edición mundiales en lengua castellana:
Penguin Random House Grupo Editorial, S. A. de C. V.
Blvd. Miguel de Cervantes Saavedra núm. 301, 1er piso,
colonia Granada, delegación Miguel Hidalgo, C. P. 11520,
Ciudad de México

www.megustaleer.mx

ISBN: 978-607-318-002-3

Impreso en México – *Printed in Mexico*

El papel utilizado para la impresión de este libro ha sido fabricado a partir de madera procedente
de bosques y plantaciones gestionadas con los más altos estándares ambientales, garantizando
una explotación de los recursos sostenible con el medio ambiente y beneficiosa para las personas.

Penguin
Random House
Grupo Editorial

Para Benjamín Cann,
con cariño incondicional,
porque sin sus cuidadosas lecturas
esta novela no existiría.

Cuando los dioses quieren castigarnos
Atienden nuestras oraciones.

Oscar Wilde, *Un marido ideal*

El presente está solo. La memoria
Erige el tiempo. Sucesión y engaño
Es la rutina del reloj. El año
No es menos vano que la vana historia.

Jorge Luis Borges, *El instante*

Uno

Ni tú mismo sabes en qué momento te diste cuenta de que aquél fue un año extemporáneo, no precisamente incompleto, pues como cualquier año tuvo doce meses, pero no había sido como ningún otro que pudieras recordar: empezó el octubre anterior cuando de madrugada te despertaste con aquel dolor en el vientre que te condujo a la cirugía del apéndice, y terminaba hoy, domingo 23 de septiembre de 2012, cuando encontraste el cadáver de tu padre tirado en el piso de su departamento. De ahí en adelante te esperaba otra vida, no necesariamente nueva pero sí otra vida, donde las cicatrices que habían marcado tu memoria definirían tu conciencia, y que quizá cambiara lo que te condujo a vivir aquel año desfasado y doloroso. En el momento en que empiezo este recuento han pasado nueve horas y trece minutos desde ese instante, pronto será media noche y estás sentado en el sillón Reposet en que tu papá se enterció en dormir el último tiempo. Te veo ahí: tienes un vaso de güisqui en la mano, hace una o dos horas que la funeraria se llevó el cuerpo de tu progenitor (así se te ocurre llamarlo ahora que ha fallecido, *progenitor*), y no has dejado de pensar en cada uno de los actos que han llenado este año terrible —tu *annus horribilis*— en que tu vida se puso de cabeza y la muerte estuvo rondándote. Tengo la impresión (que quizá compartes conmigo), que desde el principio intentaste sortear el peligro incierto que percibiste al salir de la apendicectomía, pero que al

11

enfrentarlo sólo conseguiste que te arrastrara con más fuerza al fondo de las tinieblas. Suena como si estuvieras dentro de una fábula en la que la palabra *tinieblas* hubiera adquirido un sentido aterrador, pero ninguno de los sucesos que han venido a tu cabeza podrían pertenecer a una fábula (aunque encerraran una moraleja) sino que son parte de una experiencia que te despojó de todo lo que considerabas valioso, y aquel presentimiento que te dominó desde el principio sólo podría significar que habías roto, o se habían roto, los asideros que conservabas con la vida, dejándote en las tinieblas.

Javier Rodríguez, quien estuvo tan cerca de ti en la Universidad, había llegado tres horas antes para ver si necesitabas algo, y le dijiste —la verdad, como si le hablaras al vacío— que tenías la tentación de iniciar un recuento de tu vida con una frase que te había rondado durante todo el día, y que ahí, en el Reposet, acababa de regresar a tu mente como si fuera un letrero de luz neón: *Hoy murió papá*. Eran las únicas palabras que, por escuetas y simples, desvelaban el sentido, la sinrazón, que te abatía. Supongo que te dabas cuenta de que evocaban el espíritu de *El extranjero*, la novela de Albert Camus que leíste en tu juventud, aunque los sentimientos que experimentabas no se parecieran en nada a los de Meursault, el protagonista de ese prodigioso relato, antes al contrario, la indiferencia que invadió al argelino desde que le comunicaron la muerte de su madre no tenía ningún parecido con el remolino emocional que el deceso de tu padre había levantado en ti, mucho menos con la amargura que te embargó cuando descubriste su cadáver. Era posible, empero (y tal vez era la razón de que hubieras usado esa frase), que como a Meursault ese lamentable hecho —tan esperado como destructivo— te hubiera hecho sentir extranjero: extranjero de la vida, de tus recuerdos, de lo que sentiste cuando, sin saber qué hacer, te hincaste para acariciar su frente helada y alisar los escasos cabellos, blancos y despeinados, que quedaban en la cabeza de tu papá.

—El espíritu de *El extranjero* —repetiste, yo creo que para ti mismo.

Aunque quizá fue para que yo te ayudara a analizar todo lo que se venía a tu mente en tumulto, no lo sé, pues nunca habías pensado que la ficción tuviera alma (y se pudiera decir *el espíritu de El extranjero)*, pero sí, la tenía. "Hoy ha muerto mamá. O quizá ayer". Eran las palabras de Camus, no las tuyas, las del espíritu de esa novela que habían venido a posarse en tu mente para cargar de significado lo que te había sucedido.

—La muerte nos sume en un tiempo sin tiempo —murmuraste con la intención de que Javier se acercara—, en una sensación que no te permite saber si hoy es hoy, fue ayer, o ya es mañana, si un año transcurre en un solo momento, o cuándo empezó este que nunca hubieras querido que empezara.

Era como preguntarse cuál es el sonido de una mano en un aplauso.

Javier no lo sabía todavía, esa mañana te habías citado con tus hermanos para que decidieran qué hacer con tu papá. Mireya, quien más lo frecuentaba, les había dicho que no lo veía bien, que el jueves anterior, cuando fue a recogerlo para ir a comer, se había rehusado a salir, lo que le pareció extraño, pues tu padre siempre esperaba con ansias esas salidas semanales. Lo notó cansado, sin apetito, con una persistente tos que lo atacaba sin aviso. Decidió entonces quedarse a comer con él, conversaron, lo distrajo, y lo dejó de mejor humor. Ante la negativa constante de tu padre para ir a vivir a una casa de reposo o mudarse con alguno de ustedes, un

13

mes antes habían contratado a una chica (con ciertos cono-cimientos de enfermería) para que lo acompañara de tiempo completo. Él no quería, pero tuvo que aceptar su decisión (aunque por todo se quejara de la pobre muchacha), pues ustedes se sentían más tranquilos sabiendo que alguien lo cuidaba. Ese jueves, a pesar de ello, Mireya le pidió que pu-siera atención especial en el comportamiento del enfermo y le avisara cualquier anomalía.

En la noche, Mireya habló con Adriana, tu otra her-mana, y le dijo que había dejado a tu papá sintiéndose mal, y le pidió que se reunieran el domingo, pues a pesar de la presencia de Mónica —así se llamaba la cuasi enfermera— sentía que tu padre se había deteriorado considerablemente. Adriana llamó a tu hermano Gabriel y después a ti. "Creo que debe vivir conmigo", te dijo, "haré algunos arreglos en mi casa para que pueda estar ahí". "No le preguntemos", di-jiste con cierto enfado, "hagamos lo que es mejor y ya está". Recordaste que poco antes Gabriel también había querido llevárselo a vivir con él; tu hermano tiene una casa en las afueras de la ciudad, con un gran jardín, le podía adaptar una especie de departamento para que se sintiera independiente, aunque siempre habría alguien que pudiera atenderlo. Era lo mejor. "Ven a vivir conmigo, papá", le había pedido, pero sin rechazar su propuesta, tu padre sólo dijo que lo pensaría. Como era costumbre cuando se presentaban estas situacio-nes, una noche de la siguiente semana fuiste a hablar con él (según tus hermanos tu padre era proclive a seguir tus suge-rencias), y le pediste que aceptara la invitación de Gabriel. "Ya no puedes hacerte responsable de ti, casi no escuchas, ves mal, y para colmo, el deterioro de tu cadera se ha agravado y un día te vas a caer, la andadera te va a jugar una mala pasada y no podrás sostenerte en pie". Después de escucharte (era cierto, tenía debilidad por tus opiniones) te aseguró que iba a hacerlo. "Hoy mismo hablo con tu hermano y arreglo la mudanza". "Por favor", concluiste, o quisiste dar por concluido ese asunto, "es peligroso que prolongues esta situación". Pero cuando llegó el día del trasladado volvió a negarse. Gabriel llamó para decirte que su padre le había suplicado —ese fue el verbo que usó, *suplicado*— que no lo mudara. "Déjame con mis recuerdos, no quiero irme de aquí". Según arguyó, tu difunta madre lo visitaba para observarlo con dulzura; no decía nada, sólo aparecía a los pies de su cama. Más que un recuerdo, pensaron, era una ilusión, tan vívida que se había convertido en la única razón que le quedaba para vivir: la ausencia de su esposa era una presencia constante, un anhelo, la fuente de su esperanza.

En una ocasión escribió un texto en que, con su estilo de caricaturista de los cincuenta, narraba una de las muchas experiencias que lo ataban a su casa.

Su título era simple: *4:10 a.m.*

Hay ocasiones en que una hora determinada tiene una trascendencia inimaginable y alucinante: las 4 y 10 me llevaron al delirio. ¿Fue un sueño? ¿Un hecho fuera de la realidad? ¿O la presencia de la omnisciente eternidad?

Una noche en que la depresión me agobiaba por las noticias acerca de sangrientas venganzas de narcotraficantes, la inverecunda lujuria, la falta de pudor, acciones que nos han convertido en un mundo deshumanizado, sentí que necesitaba sostenerme en alguien, y dirigiéndome a Dios le dije: "Señor, siempre he creído en tu bondad infinita, te pido una señal de que estoy en lo cierto".

Para ser exactos, la noche del 26 de marzo de 2007 dormía tranquilamente cuando sentí que alguien me movía. Al volverme distinguí la figura de mi esposa, fallecida 24 años ha.

Atrás de ella había una puerta con dos hojas, la mitad superior con vidrios y visillos de tela transparente y la inferior de madera. Por arriba entraba una intensa luminosidad, y la silueta de mi mujer se dibujaba en el piso de mi habitación, que estaba sumida en la oscuridad.

—¿Por qué llegas tan tarde? —le pregunté

—Espera un momento, no me despedí de Miguel.

Tuve un breve sentimiento de celos (siempre celé a Mireia aun sin tener motivos), pues seguramente se refería a mi primo Miguel, quien había muerto hacía poco. Desperté. Vi claramente las cortinas y los libreros en las paredes opuestas a donde está la cama. "No dejaré de ser el mismo tarugo hasta en sueños", me dije, y me dispuse a dormir nuevamente, pero... la parte lateral del colchón, cerca de los pies, se hundió bajo el peso de algo que se introducía bajo las sábanas, un muslo se posó sobre mis piernas (siempre duermo boca arriba), un tibio cuerpo hizo contacto con el mío, su brazo pasó bajo mi cuello y la mano me oprimió el hombro con ternura, la otra me tomó del brazo que pongo en mi torso, y un rostro se posó sobre mi pecho. Escuché un breve sollozo.

—¡Mireia! —exclamé con voz entrecortada.

Los lamentos se hicieron cada vez más angustiosos y dolorosos. Con un nudo en la garganta que casi me impedía pronunciar palabra pregunté:

—¿Qué pasa? ¿Qué intentas decirme? —traté de moverme pero no pude. Su abrazo era cariñoso pero me tenía paralizado— ¿Vienes por mí?

No dijo ni una palabra. Me sentí desfallecer. Su aliento sollozante y la presión de su cuerpo fueron disminuyendo poco a poco hasta desaparecer. Mi corazón latía de manera acelerada. Sentí el pecho húmedo. ¿Sudor, lágrimas? Respiré tratando de controlarme. Me levanté y prendí mi lámpara. Algo me hizo ver el reloj sobre la cómoda… todo desapareció de mi vista, solamente la pantallita del reloj permaneció ante mis ojos. ¡Las 4 y 12 a.m.! Una sacudida recorrió mi cuerpo. Con esfuerzo hice la cuenta: "4 y 12, menos dos minutos que habré tardado en ver el reloj, quedan 4 y 10". ¡La hora del nacimiento y de la muerte de mi esposa! ¡Alfa y Omega, principio y fin! Con paso vacilante me levanté, sobre el buró encontré una servilleta y garrapateé: "Son las 4 y 10 a.m., Mireia estuvo conmigo". Regresé a mi cama, y nuevamente a oscuras dije:

—Señor, esta fue la respuesta a mi pedimento, gracias te doy.

En la mañana me levanté para escribir esto a máquina, con la servilleta arrugada a un lado, para poder leérselo a mis hijos. Cuando ya había terminado dudé de mi memoria, pero no, recordé que cuando Mireia murió, el 2 de octubre de 1983, escuché claramente decir a la persona que habló a la funeraria para las exequias de rigor: "Sí señor, la señora murió a las 4 y 10 a.m.". Para que no me quedara duda fui a revisar el archivo donde guardo las actas de vida. Ahí encontré el acta de nacimiento de mi mujer. No me había equivocado: "presentaron a una niña viva, nacida el 17 de mayo de 1923, a las 4 y 10 a.m.".

Tu papá le contó esta historia a Gabriel (es probable que incluso se la hubiera leído antes de suplicarle que no lo sacara de su casa), para demostrarle, paradójicamente, que estaba en sus cabales.[1] Tú, empero, insistías en que eran

[1] Unas semanas después le pediste a tu padre que te dejara leer aquel texto, y dos cosas llamaron tu atención: primero, que hubiera usado la forma catalana del nombre de tu madre, Mireia, pues desde el nacimiento de su primera hija había acordado con tu mamá usar la

17

ustedes quienes deberían tomar la decisión, pero como tampoco estabas seguro de que fuera lo mejor, quedaron en discutir con tu padre la situación —su situación— como sugirió Mireya, este domingo, 23 de septiembre del 2012.

Cuando llegaste, Adriana estaba sentada en el sillón de la recepción. Abrió la puerta apenas te vio, y te dijo que había olvidado su llave y no podían entrar, tu papá no contestaba a sus llamados y tenían que esperar a Gabriel o Mireya para ver si alguno de los dos traía llaves. "Déjame ver si a mí me escucha", dijiste. Subiste en el ascensor a su departamento, en el noveno piso, donde en efecto, la puerta estaba cerrada con llave, y desde ahí le gritaste muchas veces pero él no respondió. No era para extrañarse, había perdido casi por completo el oído. Tú, incluso, habías hecho lo mismo otras veces, y aunque él decía que había escuchado tus gritos, nunca respondía. "Pensé que eras un vendedor", te dijo en una ocasión. "¿Un vendedor te llama papá?", preguntaste enojado, pensando que se estaba burlando de ti. No te contestó, era una pura invención, pero siguió insistiendo en que te había escuchado.

---

versión castellana, Mireya; algo debe haber pasado por su mente que lo regresó a ese Mireia que seguía vivo en su recuerdo. Y segundo, lo que él llamaba su *pedimento*: al principio, consternado por la crudeza de la realidad, tu papá le pide a Dios una muestra de que *está en lo cierto*, y supusiste que esa prueba era la aparición fantasmagórica de su esposa, de esa esposa que había recuperado su nombre original. Me temo que no fue así, y te llevó tiempo descubrir que en efecto había escrito ese relato para ustedes, pero no para que supieran que tu madre lo visitaba, sino para probarles que su percepción era mucho más amplia de lo que creían ustedes: su *pedimento* consistía en probar que estaba en *lo cierto*, aunque sus hijos no supieran a qué se refería y mucho menos entendieran qué era eso, *lo cierto*, donde la forma catalana del nombre de tu mamá sería la clave.

Poco antes de que llegaran tus hermanos salió la vecina del octavo piso, quien les comentó que tu papá había gritado a eso de las tres y media de la mañana. "Después escuché el golpeteo de su andadera y me tranquilicé". Ante el gesto de sorpresa con que la escucharon (¿cómo demonios estaba enterada de esos detalles?), les contó que a veces hablaba en las noches: "Como su recámara está encima de la mía, cuando deja abierta la ventana puedo escucharlo, y ayer se quejó, dio un grito". Le dieron las gracias por avisarles, y al contrario de ella, quedaron más intranquilos todavía. A los pocos minutos llegó Gabriel, y casi inmediatamente Mireya, quien traía las llaves. Les informaron de lo dicho por la vecina, y por la cara que pusieron te diste cuenta de que les asaltaba el mismo presentimiento que a Adriana y a ti. Para todos fue un consuelo que subieran juntos cuando nunca lo habían hecho: la casualidad, el orden del azar o lo que fuera, los había reunido para que ninguno de los cuatro presenciara la tragedia a solas.[2]

Gabriel salió primero del ascensor, seguido de tus hermanas, y tú, al último, fuiste detrás de ellos. Caminabas por el pasillo que conduce a la recámara cuando escuchaste que Gabriel decía que tu papá se había caído, y un segundo después —una fracción de segundo después— viste sus pies en el suelo, con el cuerpo oculto detrás de un sofá de dos plazas que alguien había movido. Tu hermano se apresuró

---

[2] Recojo de un texto que hace años escribiste sobre la muerte de tu mamá, una frase que describe perfectamente lo que sentían: *Somos una familia que todo lo ha hecho en bola, bien o mal, pero todos revueltos, y no íbamos a cambiar esa tarde gris la añeja costumbre de estar juntos.* La vida había dado un giro enorme para devolverlos al mismo punto, veintinueve años antes había muerto tu mamá y los cuatro hermanos estuvieron juntos. Nada había cambiado para ustedes.

diciendo "papito, papito", hasta que lo tomó de la cabeza. "Está muerto", dijo, u otra frase similar, no te acuerdas, pero es igual. Estaba tendido, boca arriba, semidesnudo, con las manos en el pecho, los pantalones enredados en los pies, y la andadera atropellada entre las piernas. Mireya se llevó las manos a la cara y dio media vuelta, Adriana quedó petrificada viendo lo que sucedía, y tú pasaste del otro lado del sofá para tocar su frente helada. Quién sabe qué había pasado, quién había movido el sofá de su lugar, por qué estaba con los pantalones bajados, y cómo había ido a parar ahí. ¿Se había muerto del golpe? No parecía el caso, su cabeza no tenía ninguna herida aparente, sólo había una mancha de vómito a un lado de su cabeza. Todo se nubló, escuchaste un ruido sordo dentro de ti, parecía que sólo podías ver el rostro inerme de tu padre. Saliste del aturdimiento cuando escuchaste los sollozos de Mireya al otro lado del departamento y fuiste a consolarla. "Lo sabía", te dijo, "en la madrugada presentí que papá se había caído. No quise alarmarme, me dije que no debía dejarme guiar por los nervios y me calmé, pero sabía que se había muerto en ese instante". Le tomaste la mano, la acariciaste, y le dijiste que no se culpara (tú mismo no querías culparte de nada), no había nada qué hacer, todos sabían, y le habían advertido a tu papá muchas veces que eso podía suceder, pero él se negaba a hacer algo. Le diste un beso para tranquilizarla, la pobre estaba desconsolada. Habías visto, en el gesto que ocupó su cara en el elevador, el presentimiento que la asaltó en la madrugada y que ahora se había hecho realidad. Regresaste a donde estaban tus hermanos. Gabriel había pasado a la recámara y doblaba una colcha para cubrir el cadáver. "¿Qué vamos a hacer?", te preguntó, o a lo mejor fuiste tú quien lo hizo, no te acuerdas de qué pasó. "Acabo de contratar un servicio funerario con Gayosso", les advirtió Adriana, "uno para mi papá y otro para mí". "Hablemos con ellos", dijo Gabriel, "seguro nos dirán lo que se hace en estos casos".

No era la primera vez que encontrabas un cadáver por sorpresa, como un anónimo dejado en tu buzón, aunque la vez anterior no había sido precisamente un cadáver lo que encontraste, sino el cuerpo de un hombre que se había dado un balazo después de haber pedido que nadie lo molestara hasta que llegaras tú; la bala no había cumplido su cometido y lo que encontraste fue un ser moribundo, a medio camino entre la vida y la muerte; quizá eso era lo que aquel hombre quería que descubrieras, el tránsito que media entre vivir y dejar de vivir, la fuga de la voluntad, el fin del deseo. La imagen que te dejó grabada te atormentó durante mucho tiempo, y quizá provocó el afán de abandonar aquel simulacro de melancolía, de nostalgia, de depresión, fugándote a La Habana durante tres días para que encontraras una cifra del destino que nunca has podido descifrar.[3] Y ahora, lo que estaba ahí, tirado en el suelo, medio desnudo, con una incomprensible mueca de alegría en el rostro, era un cadáver, no el tránsito de un ser a la nada, sino el fin mismo de la vida, que igual quería decirte algo, o eso pensaste por un momento, que haber encontrado muerto a tu papá también era un mensaje para que comprendieras algo para lo que te sentías incapacitado. Habían pasado muchos años

---

[3] De esa experiencia, precisamente, trataba la novelita que acababas de escribir en Barcelona, en los meses que pasaste ahí tratando de comprender la vorágine en que te habías sumido recientemente y por pura intuición creíste que si elaborabas esa experiencia podrías detener o cambiar tu destino, lo que no había sucedido, antes al contrario, pues la muerte de tu padre demostraba que las adversidades seguían proliferando.

—¿veinte, veinticinco, treinta?— desde que descubriste el cuerpo moribundo de Prados (así se llamaba el suicida), y no podías descifrar el sentido de la muerte, o para ser más preciso, el sentido que implicaba encontrarse con la muerte. Es cierto, ahora te abatían el dolor, la ausencia, la falta de vida de ese hombre a quien, quizá por ello, ahora llamabas progenitor, pero ahí estaba de nuevo el mismo mensaje mudo. ¿Ibas a dejarlo escapar?, ¿volverías a huir a La Habana o a cualquier otro lugar?, ¿o al fin enfrentarías lo que la vida, quizá la muerte, te estaba poniendo frente a las narices?

Como no sabías cómo ayudar, aprovechaste para llamar al doctor José Narro, rector de la Universidad, e informarlo de lo que te había pasado. Quién sabe por qué lo hiciste, seis meses antes le habías presentado tu renuncia a la Coordinación General de Publicaciones Universitarias (que se había constituido para que pudieras estar al frente del plan editorial de la UNAM), pero seguías en contacto con él. Supusiste que cuando le contaras lo que había sucedido no iba a creerte, era inconcebible que en el curso de doce meses se te hubieran amontonado tantos infortunios: la operación del apéndice, los ataques en la prensa, las diatribas en las redes sociales, la separación de tu esposa, la renuncia a la Universidad, la obligada salida del país rumbo a Barcelona después de que se incrementó el escándalo, el regreso precipitado, y ahora la muerte de tu padre. Si le estuvieras contando una telenovela te habría contestado que eran demasiadas tragedias juntas, aun para un culebrón, pero así había sido, un año entero de desgracias, un viaje a las tinieblas. Marcaste el número del rector, lo dejaste sonar tres veces, colgaste y volviste a llamar, era la clave para que él supiera que era urgente. "Hoy murió mi padre", dijiste al escuchar su voz. Deberías haberle dicho, "Mi padre acaba de morir" o algo así, pero no, esa fue la frase que se te vino a la cabeza y no pudiste usar otra. "No puede ser", te respondió Narro. "¿Qué puedo hacer por ti?". "Supongo que necesito un médico que extienda el certificado de defunción. Estoy devastado". "Me imagino. En un momento te llaman de mi parte. Voy a ver que envíen a alguien. Debes conservar la calma. Después nos vemos". "Claro, rector", dijiste, ¿qué más?

Debías conservar la calma, repetiste, la calma que causó la condena de Meursault, la calma que puede confundirse con indiferencia: el analgésico del alma, la emoción del tiempo sin tiempo. Tenía razón, por eso habías dicho *Hoy murió mi padre*, porque recordaste que en la novela de Camus, Meursault dice: *Hoy ha muerto mamá. O quizá ayer*, y tú empezabas a sentirte un extranjero, aunque tus sentimientos no correspondieran con los de ese personaje que se dispone a enfrentar a un jurado que no entiende la indiferencia sentimental.

Dos

Según te contó Javier Rodríguez cuando llegó al departamento, no le extrañó que el rector lo llamara y le pidiera que se pusiera en contacto contigo, no era la primera vez que lo hacía, y le agradeció que conservara la confianza en él. Un año antes, quizás en la misma fecha, también habías hablado con el rector para decirle que estabas en el hospital, y que según los análisis que te acababan de practicar tenías apendicitis e iban a operarte de urgencia, no conocías a ningún médico, e igual que habías hecho esa tarde, le pediste que te ayudara a encontrar uno para que te operara. En esa ocasión, el doctor Narro también llamó a Javier para que fuera a verte al hospital. Había un paralelismo entre las dos llamadas que no alcanzabas a comprender, pero era evidente que lo había.

A pesar de que nunca fuiste muy amigo de Rodríguez (no eran siquiera contemporáneos, tú tienes ahora sesenta y tres años, y él tendría no más de cuarenta), una serie de circunstancias los juntaron una y otra vez. Cuando él terminó la carrera de periodismo en la Facultad de Ciencias Políticas, empezó a trabajar como corrector *free lance*, y una amiga lo recomendó con la editora de la *Revista de la Universidad*, Gabriela Martínez Vara, con quien entonces estabas casado. Siempre recuerdas haberlo visto un día que fuiste a visitar a tu mujer y él se encontraba con ella revisando unas galeradas. Como siempre, entraste saludando a todo mundo (una costumbre muy tuya), y a él, incluso, le estrechaste la mano como si lo conocieras de toda la vida. Te dijo que había escuchado una plática que diste en su escuela, y aunque sonaba cordial tuviste la impresión de que le extrañaba que todos te estimaran. No digo que le cayeras bien pero tampoco mal, aunque sentiste que algo de tu manera de conducirte —algo que quizá pudo parecerle *naive*— lo conminaba para que eligiera entre las dos posturas.

Como se ve, desde siempre has sido un tanto suspicaz.

Ese encuentro ocurrió al mediar los ochenta, México intentaba salir del enorme descalabro que representó el sexenio de José López Portillo, que quebró al país de forma tan estrepitosa que hubo que nacionalizar la Banca para evitar un estallido social. En esa crisis habías perdido la empresa que fundaste con un par de amigos argentinos, Editorial Nuevos Aires, y dirigiste por poco tiempo Alianza Editorial Mexicana, para después probar suerte como promotor cultural (lo que te ligó al ambiente musical de los años ochenta, tan variado en grupos de origen latinoamericano), aunque seguiste en contacto con el mundo de los libros, pues la literatura siempre fue tu pasión. Javier, como ya dije, recién había terminado su carrera, escribía una tesis sobre periodismo literario centrada en los artículos de García Márquez y también daba los primeros pasos en ese mundo. Nunca hubieras imaginado que la conferencia que diste en su escuela hubiera influido en la elección de su tema de estudio, y que le pedirías que fuera tu asistente, esa suerte de socio en la UNAM, cuando el rector Narro te llamara para que, a partir de la Dirección de Fomento Editorial formaras la Dirección General de Publicaciones Universitarias.

Pienso ahora que el azar los convocó de manera extraña para que coincidieran en tantos lados: Javier salió de su natal Colima por la beca que le concedieron para que estudiara en la Universidad, se inscribió en periodismo porque acababa de leer *El crítico como arista*, de Oscar Wilde, y se le ocurrió la peregrina idea de que su tesis se podría llamar *El periodista como artista*; se anotó en el grupo veintidós porque antes que él se inscribió una chica que vestía una minifalda tan impresionante que decidió seguirla; esa chica, Moira de Chermont, trabajaba contigo en la Editorial Nuevos Aires, y te invitó a dar la conferencia a la que antes me referí, en la que analizaste los artículos periodísticos de García Márquez, que recién se habían publicado en un solo volumen, con lo que el destino de Javier quedó sellado, pues ahí cambió a Wilde por el Gabo como referente de su tesis; se hizo corrector trabajando para tu exmujer; siguió en la Universidad porque una y otra vez se abrían plazas que no podía rechazar, y ahí se encontraron varias veces. De manera harto curiosa tuvo un solo empleo fuera de la Universidad, formó una agencia de representaciones con la que en ocasiones colaboraste a través de los grupos musicales que conocías, y desde su oficina te apoyó cuando decidiste la fuga a La Habana; por si fuera poco, a tu regreso de los años sabáticos que tomaste en Barcelona, gracias a un comentario de tu amigo Sealtiel Alatriste, te asociaste con él en su empresa, y juntos organizaron aquel certamen en la red —el famosos *virtuality* que llamaste *Caza de Letras*— que fue definitivo para que meses más tarde te invitaran a trabajar a la Universidad, donde le pediste a Javier que te ayudara a dar forma legal a la Coordinación General de Publicaciones. Finalmente, gracias a esa cifra del destino que pareciera haberlos unido irremisiblemente, te acompañó en la operación del apéndice por la casualidad de que en una reunión de trabajo que tuvieron con el doctor José Narro le dieron su teléfono por cualquier emergencia, pues tú ibas a estar fuera del país, y ese fue el número que el rector encontró en su agenda cuando supo de tu apendicectomía, y lo llamó.

Aquella mañana, como te acordarás, despertaste con un agudo dolor en el vientre, una especie de retortijón despiadado. La noche anterior habías ido a una cena en que se celebraba quien sabe qué, llena de gente de la Universidad y el ámbito cultural; el menú era abominable y habías tenido que comer a regañadientes un platillo que, pensabas, no te sentó bien, y a eso atribuías el malestar con que despertaste: por más doloroso que fuera, te dijiste, todo se debía a un trastorno estomacal. Me consta que hacía tiempo que no te sentías bien, estabas siempre preocupado, con desánimo, parecía que la vida se te iba entre las manos y hasta te costaba trabajo levantarte. No era la primera vez que experimentabas los síntomas clásicos de la depresión. Todo ello, más la mala cena, según tú, había colaborado para que te sintieras tan enfermo. Al final pudiste dormir, y como en la mañana el dolor no cesaba, tomaste de necio un laxante natural pensando que con eso mejorarías.

Entonces era sábado (no domingo, como el día que murió tu papá), habías quedado en ir a la librería Gandhi para hablar con los empleados de un par de títulos gemelos que recién habías publicado dos semanas antes, los que, pensabas, consolidarían tu conflictiva carrera literaria. Anna —Anna Fante, la mujer de quien estabas enamorado y con quien pasabas los fines de semana— despertó temprano para ir al gimnasio, y antes de salir dijo que te veía muy desmejorado. "Es una congestión estomacal", argumentaste. "Deberías ir al médico", dijo ella, "me preocupa verte así". "Voy a ir a Gandhi, no puedo faltar, costó mucho trabajo que reunieran a todos los libreros. Si te parece, pasa por mí a las doce cuando salgas del gym, si para entonces sigo mal vamos al doctor".

28

No tengo idea qué hiciste para resistir la charla, cómo explicaste tus libros tratando de motivar a los empleados de Gandhi para que los ofrecieran al público. Quizá no lo hiciste tan mal, y estuviste allí como si nada te sucediera, hablando de ese par de títulos a los cuales confiabas tu prestigio literario, pero terminaste sintiendo un dolor que te desmayaba, por lo que a la una de la tarde habías ingresado en el Hospital Ángeles que está junto al Viaducto Miguel Alemán. Te internaste en urgencias, de inmediato te dieron un sedante para aguantar los análisis, te sacaron varios tubitos de sangre, y dos horas después te informaron que tenías un mal impensable a tu edad: apendicitis.

Te acordaste de que a Mireya la habían operado de lo mismo antes de cumplir quince años y Adriana se había quejado de que sólo a su hermana menor le pasaban cosas buenas, es decir, que la llevaran al hospital y la salvaran para que todos se compadecieran de ella, la visitaran y le dieran regalos. Era un mal benigno cuando eres joven, peligroso cuando lo padeces después de los cincuenta. Habías leído cuánto sufrió Philip Roth a causa de la apendicitis, trastorno por el que dos hermanos de su padre murieron, y que también estuvo a punto de matarlo a él a causa de la peritonitis que le produjo.

Fue con la imagen de Roth en la memoria que llamaste al doctor Narro y le explicaste tu situación; el rector te dijo que no te preocuparas y te prometió ocuparse de todo. Después buscó en su agenda, encontró el teléfono de Rodríguez, se acordó que lo había anotado para solventar alguna emergencia, le pidió que fuera al hospital, en un momento le daría el nombre de quien iba a operarte, y le pidió que se encargara de todo.

Claro que te sorprendió verlo. "¿Qué hace aquí, Ismael?", le preguntaste, llamándole por ese nombre, Ismael, que según tú los había acercado. Tiempo atrás habían iniciado aquella locura de *Caza de Letras*, un proyecto tan descabellado que cuando se lo propusiste a tu equipo pensaste que iniciaban un viaje tan demencial como el de los balleneros que quieren dar caza a Moby Dick; Javier, sin embargo, tomó tan bien tu idea, se mostró tan colaborativo, que le dijiste, "Bienvenido a bordo, Ismael", aludiendo al narrador de la novela de Melville, sin saber que ese era su segundo nombre. "¿Cómo sabe que me llamo así? Es un nombre que nunca uso." La verdad te sorprendió, y por un momento no supiste qué decirle. "Perdón, no estaba enterado, lo dije porque estaba pensando en el narrador de Moby Dick, ¿le molesta que lo llame así?" "No, para nada", te dijo con una sonrisa, lo que pasa es que no se ha dado cuenta, me llamo Ismael Rodríguez, como el famoso director de cine, y siempre me confunden con él, o creen que es mi pariente, y para no andar dando explicaciones desde hace tiempo decidí que usaría mi segundo nombre, Javier." "Mire nada más qué curioso", dijiste, "a mí me pasa algo similar, me llamo Sergi, e igual, para no tener que explicar que es la forma catalana de mi nombre, nomás digo que me llamo Sergio." Fue una coincidencia más que acrecentó su solidaridad, y por ello, algunas veces lo llamabas así, Ismael, lo que se convirtió en una especie de contraseña amistosa entre los dos. Javier sonrió al escucharte. "El rector me pidió que viniera", dijo estrechándote la mano.[4]

---

[4] Más allá de la coincidencia, no era poca cosa que le dijeras Ismael después de su larga carrera de encuentros fortuitos. Para ti, *Moby Dick* era más que una novela, representaba el principio de tu vocación por las *Letras*: tu padre, quien fue un gran cartonista y dibujante de cómics, había hecho una adaptación del relato de Melville cuando tú andarías por los quince años, te nombró su asesor literario,

Para el momento de esa operación ya eras coordinador general de publicaciones, y el doctor Narro te había encargado reformar el sistema de publicaciones de la UNAM, para lo cual habían convertido la Dirección de Fomento Editorial en una nueva Coordinación, dependiente del rector; y tú, por tu parte, habías nombrado a Rodríguez secretario técnico, con lo que se había convertido en tu colaborador más cercano —esa suerte de socio— y la sensación de que los unía algo más allá del trabajo se había acentuado. "Me alegro de que el doctor Narro lo haya llamado", le dijiste. En esos años habían alcanzado una relación cordial y respetuosa, tanto que nunca abandonaron el trato de usted.

"¿Por qué no aprovechas para comer?", le dijiste a Anna, "así Ismael me ayuda a avisarle a mis hijas y a los demás que estamos aquí". Ella todavía tenía un resto de tristeza en el cuerpo, un dejo de desamparo que no podía ocultar. "¿Ismael?, ¿no se llama Javier?", preguntó. "Es una broma señora", dijo él, "no haga caso". Creo que Anna no entendió nada y sólo te dio un beso. "Ahí se lo encargo", le pidió a Javier, y se fue con prisa. Era una mujer bella, callada, con una perenne melancolía colgada en la mirada. No era fácil dejar de verla.

---

y para ratificarte en tu puesto (te pagaría y aparecerías en los créditos de la historieta), te hizo memorizar todos los detalles de la novela para que su adaptación no tuviera *traición* alguna. Esa experiencia (aunque no te hubieras percatado) fue la muestra de que en algún momento te dedicarías a la literatura, y que ahora llamaras a Javier por el nombre de Ismael, que en mil variaciones llevabas tatuado en la memoria, habla, por un lado, de la importancia que tuvo para ti el certamen *Caza de Letras*, pero también, lo significativo que te parecía que fuera Javier el emisario del doctor Narro, sobre todo por la circunstancia en que te había colocado la operación del apéndice, donde, como pocas veces, estuviste tan atemorizado.

No tengo muy claro por qué, pero mientras le hablaban a todo mundo fuiste soltando comentarios de cómo te sentías y el temor que te acechaba. Creo que Javier se sorprendió de tu confianza, pues nunca antes lo habías hecho tu confidente. "No tenemos mucho tiempo", te dijo nervioso, "antes de las siete debe ingresar al quirófano". Vinieron por ti poco después de que Anna regresara y llegaran tus hijas. Cuando los enfermeros te sacaron, Anna te acariciaba la barba y ellas te decían cuánto te querían. Adalgisa y Milena, tus hijas, eran lo mejor que te había dado la vida, y verlas preocupadas te dolía tanto como las punzadas que se aceleraban en tu vientre. Imagino que hubieras querido tener la mente en blanco, llevabas ya muchas operaciones en el cuerpo, esa iba a ser la quinta o la sexta, habías perdido la cuenta, lo que suscitaba en ti muchos resquemores.

Sonreíste a las chicas y besaste a Anna. "En un rato las veo", dijiste.

Hasta ahora me percato de que cuando se recuperaban de sus muchas desavenencias, Anna y tú se lamentaban de que perdían el tiempo en discusiones sin sentido; se decían que era una tontería no aprovechar la oportunidad que tenían al estar juntos, y tú no podías evitar que ese pensamiento ocupara tu mente cuando ibas a la sala de operaciones; no habías hecho las cosas bien, te decías, y temías que algo te pasara. Su relación no había sido fácil en el último tiempo, después de un año de relación decidieron formar una pareja formal. Como ambos estaban casados, decidieron confrontar a sus cónyuges y sacar a la luz su amor; una semana después tú te separaste de tu esposa y esperabas que Anna hiciera lo propio, lo que ella intentó enfrentando muchas dificultades, la resistencia y dolor de su marido se enlazó con sus culpas, y de repente se encontraron en una relación aún peor que la que habían tenido en clandestinidad, con ella luchando agónicamente por su libertad, y tú sintiendo que después de treinta años de matrimonio debías asumir ciertos compromisos con tu exmujer. Ese fue el principio de una serie de tropiezos, conflictos y malos entendidos (en los que supongo no tengo que entrar en detalle), que si bien no los habían separado tampoco les permitió consolidar la pareja que buscaban, pero alcanzaba para que pasaran los fines de semana juntos, el paliativo por el que frecuentemente comentaban que deberían romper ese círculo vicioso y *dejar de perder el tiempo*, el eslogan que te repetías una y otra vez rumbo a la sala de operaciones.

En esa circunstancia, tengo que reconocer que la cirugía a la que te ibas a someter no te había tomado por sorpresa, desde hacía un tiempo la presentías, algo en tu cuerpo hablaba de un mal inesperado, y ese presentimiento flotaba en medio de las conversaciones que tenías con Anna. Cuando entraste al quirófano, poco antes de que te anestesiaran, te preguntaste si aquel presentimiento no era una premonición de muerte, no de un simple mal sino de la muerte misma, y recordaste todas las veces que le dijiste a tu mujer que un día iban a arrepentirse de no haber aprovechado la oportunidad de amarse. No habías dicho nada en la habitación, ni a tus hijas ni a Anna, pues sólo querías quitar la atención del mundo, de lo que pasaba, de lo que te decían, con el deseo de que tu cuerpo maltrecho colaborara una vez más para poder salir de ese trance. "No es que tenga miedo", te habías atrevido a decirle a Javier, "pero presiento que ya no tendré oportunidad de arreglar nada". Sentí tu mirada vidriosa y me llamó la atención el tono quebrado de tu voz, era como si desde algún lugar te estuvieras observando. Tuve la impresión de que por tu cabeza pasaban un sinfín de recuerdos a los que intentabas imponer orden, y que te sentías, más que enfermo, descompuesto, como un carro viejo que necesita arreglo. Estabas obsesionado con ese tema, lo que tenías que arreglar.

En la noche, ya recuperado de la anestesia, enchufado a una botella de suero en que se diluía un fuerte analgésico, Anna te contó que cuando terminó la operación, el cirujano que recomendó el doctor Narro para que te operara le dijo que te habías salvado por poco. "Quince o veinte minutos más y no la cuenta", había dicho, "el apéndice estaba gangrenado y la pus empezaba a extenderse". Anna te tomaba de las manos y te veía a los ojos mientras contaba por la que habías pasado sin saberlo. Pensaste de nuevo en Philip Roth, a quien le había sucedido algo similar: frente a los intensos dolores que sentía, su psicoanalista diagnosticó que somatizaba su envidia, pero no, tenía el vientre inundado en pus y pudo morir como sus tíos. Se salvó de milagro, igual que tú, según te informaba Anna. Sus palabras, por curioso que pueda parecer, no te asustaron, al contrario, sentiste que tu cuerpo había colaborado para salir de ese trance, aunque al mismo tiempo volviste a experimentar el sentimiento recóndito que te abatió antes de caer en el sopor de la anestesia: no era pánico, era otra cosa, un sentimiento que te advertía que empezabas a caminar por territorio minado. Había regresado, te diste cuenta, la larga sombra que muchas veces amenazó tu vida; en tu primera juventud había aparecido como la silueta informe de un muchacho a quien nunca conociste, pero que te arrebató el amor de una chica de quien estabas enamorado, y quien tal vez también lo estaba de ti; después fue la de un tirano a quien sólo percibías a través del terror incierto que te acechaba entre los árboles de un boulevard de La Habana, un peligro a punto de materializarse del que supuestamente te salvaste de chiripa, y que te hacía recordar el cuerpo moribundo del tipo que se encerró en su oficina para darse un balazo. Todo aquello, el miedo juvenil y el horror a descubrir el cuerpo de un suicida, ahora era una sombra informe, tenebrosa, convertida en enfermedad, pus, peritonitis, en quince o veinte minutos antes de que hubieras tenido tiempo de identificarla: de tus dieciocho años a los sesenta y dos que tenías esa noche, la sombra había tomado cuerpo en la huella posible de tu muerte, por lo que en un acto de sobrevivencia, de legítima defensa, como se dice, decidiste aferrarte a lo que tenías más cerca, el amor por Anna Fante. Habías sentido ese amor muchas veces, pero el de ese momento fue como una iluminación metafísica, y sin pensarlo le pediste que se casaran. Creíste que así se podrían disipar el malestar de tantos meses (puedes llamarlo depresión, angustia, pavor, horror al vacío, como te venga en gana) y la aprensión naciente que se ocultaba en tu alma.

No me acuerdo bien cómo se lo pediste, todavía estabas bajo los efectos de la anestesia, es posible que te hayas referido a las pláticas en donde se decían que en algún instante, sin darse cuenta, podrían perder la vida y entonces no habría vuelta atrás. "Quiero casarme contigo", debiste haberle dicho, "lo más pronto posible, apenas me reponga. Acabemos de una vez por todas con las desavenencias y no hagamos nada que nos separe". Anna te besó, ¿te acuerdas?, no se le había borrado el gesto de desamparo pero te aseguró que ella tampoco quería perder más tiempo. Te llenó de alegría y le pediste que se tendiera en la cama a tu lado. Al día siguiente, de forma igualmente imprevisible, le contaste a Javier (no sé por qué de repente le habías tomado tanta confianza) que esa mañana, cuando Anna se fue, escribiste en tu diario que había sido una noche bendita, una epifanía, y le señalaste un cuaderno que estaba sobre una mesilla, al lado de tu cama de enfermo.[5] Parecía la libreta de un escribano, de un contable como tantos, una especie de Bartleby, quien, aunque preferiría no hacerlo, debe dar testimonio de todo lo que ocurre en su vida sentimental.

En su recuento autobiográfico *Los hechos*, Philip Roth dice que la espada de Damocles que pendía sobre su familia —la peritonitis— no había logrado acabar con él, lo que le producía una enorme felicidad, sobre todo porque meses después se liberaba del martirio de un largo matrimonio que lo había hecho infeliz. Tú conocías ese texto, Roth es uno de tus escritores favoritos, y como a él te alegraba haberte liberado de la espada de Damocles, y sin embargo, me desconcierta que al revés de él le hayas propuesto a Anna que se casaran la primera noche de *tu salvación*. Mientras Roth salía de su tormentosa relación conyugal tú te metías en la tuya. Como hubiera dicho tu abuela, los designios de Dios resultan inescrutables. No lo sabías —ni hubieras podido saberlo, ni tenías la inteligencia emocional para intuirlo—, pero aquella operación, o si se quiere, el miedo recóndito que reapareció en tu alma, fue el principio, el anuncio, el signo inefable de que empezaban los doce meses de tu expiación, que tu matrimonio no pudo evitar.

Te casaste con Anna Fante tres meses después, el 16 de diciembre de 2011, cuando empezaban las posadas, esas

---

[5] En ese diario habías hecho un recuento de tu relación con Anna, ahí escribías la primera versión de las cartas que le enviaste a lo largo de su enamoramiento. Era, si se quiere, el diario de tu acontecer sentimental, que hubiera podido llamarse *Anecdotario de amor y desilusión*, un título que podría haber sugerido Luis Rius, tu maestro de literatura medieval en la Facultad de Letras.

fiestas que en tu adolescencia eran el inicio de la temporada de los festejos decembrinos. Fue una boda discreta, como siempre habías querido, que se llevó a cabo en el juzgado de Mixcoac, a la que siguió una comida con sus familiares más cercanos, en el departamento que habías comprado en el Edificio Condesa, en el que ya vivías desde el mes de mayo, y que de ahí en adelante sería su hogar. En el lapso que fue de la operación a la boda, le dijiste a Anna que tendría que perdonarte algunas cosas, pero, típico de ti, nunca le confesaste cuáles, ni, la verdad, ella insistió en preguntártelas. Según dejaste testimonio en tu diario, te habías prometido cambiar y entregarte a ella como se lo habían propuesto al principio de su relación, cuatro años atrás. Me pregunto si te dabas cuenta de que no era la situación de entonces, que el ánimo de ella se había desgastado y ninguno de los dos sentía lo mismo. No lo creo, pues te repetías una y otra vez que debías intentarlo, que tenías que romper con tus reticencias e intentar ser feliz con ella. Me imagino que Anna pensaba lo mismo, que la abatía la misma inseguridad que a ti, y aunque tuviera otros motivos se respondía que lo mejor que podían hacer era intentarlo. Así lo hicieron, conscientes de las desventajas que enfrentaban, vacilantes pero dispuestos. En algún momento pensaste que deberían hacer una terapia de pareja, pero no se lo propusiste, y se casaron llevando a cuestas el lastre de sus mutuas desavenencias, ella con la carga de sus sospechas y tú con el continuo temor a sus arranques de ira. Creo que se amaban, pero igual es innegable que con el amor a cuestas sentían que lo suyo era un error, y ese sentimiento los convertía en seres tan culpables como inseguros. La inseguridad de ella quedó patente en el hecho de que nunca se mudó del todo contigo, dormían juntos pero nunca llevó sus cosas a tu domicilio, e iba y venía de tu departamento al suyo con una maleta cada noche. La tuya, tu incomprensible inseguridad, en cambio, se disfrazaba de desconfianza (sobre todo en ti, pero también en ella), desconfianza por la que nunca te permitiste confesarle tus errores y debilidades, pues creías que ella debería conservar la imagen que, suponías, siempre había tenido, y fuiste incapaz de analizar sus sentimientos frente a la boda. Un buen ejemplo es que le dijiste que querías una ceremonia íntima, sin que nadie se enterara; era un anhelo de siempre, hacerlo entre tu pareja y tú para comunicarlo más tarde al mundo entero, era sólo eso, un anhelo sin chiste pero importante para ti, que no habías podido cumplir y ahora te apetecía llevar a cabo, pero como no supiste explicarte (le hablabas con medias palabras), Anna se quedó con la idea de que no querías que nadie supiera que se habían casado.

—No tenía duda de que hacía bien en jugármela por Anna —le dijiste a Javier la noche que murió tu papá—, pero lo que habíamos vivido desde que nos separamos de nuestros cónyuges, me hacía flaquear. Estoy convencido de que lo mismo le pasaba a ella. Estábamos tan ilusionados como inseguros.

Aun así, con tu falta de certeza sentimental, nunca hubieras imaginado que su matrimonio, arreglado tan a las voladas como la operación del apéndice, duraría un suspiro y en menos de tres meses estarían separados. La boda, que debió haber sido un salvoconducto, fue un escalón más en la escalera eléctrica de tu debacle. Mucho menos podrías haber previsto que la muerte de tu padre, un año después, sería el último peldaño de aquella cadena de infortunios.

En los meses que siguieron —los de tu viaje a las tinieblas— muchas veces recordaste a tu papá en la boda, sentado en un rincón del departamento, alegre y desparpajado; en un momento le dijo a Anna que ahora sí era parte de su familia, que le daba mucho gusto pues desde que la conoció la había querido; para después, gracias a que ya se había tomado cuatro cubas, preguntarle a tu hermano Gabriel a quién estaban festejando. "A tu hijo", le contestó él, "se está casando de nuevo, un digno miembro de tu familia". Tu papá rio, es posible que no supiera por qué, pero se rio. Había algo en su mirada, un quiebre de voluntad que indicaba que su viejo corazón estaba tocado, que ya no tenía vigor para vivir tantas emociones como la que en ese momento, en un vaivén de su memoria, abarcaba la vida entera.

Sí, ya no era el corazón que siempre había tenido, y una noche del siguiente septiembre, a nueve meses de aquella boda, después de ir al baño y dar el grito que escuchó la vecina del ocho, lo traicionó de una vez y para siempre. Quizá pensó en cada uno de ustedes, sus hijos, a los que tanto había amado, pero la fuerza de su corazón se había agotado.

Esta noche, sentado en el sillón de tu padre, en el que has permanecido con un vaso de güisqui en la mano, volviste a recordarlo en la boda y evocaste el buen humor con que siempre vivió. Todo te pareció lejano, inasible, como si se hubiera perdido en el tiempo, como si los meses transcurridos tuvieran una consistencia gelatinosa o estuvieran hechos de un tiempo sin tiempo.

—Ha sido mi *annus horribilis*— habías dicho con la intención de que Javier Rodríguez te escuchara pues se había quedado tras la puerta por si algo se te ofrecía—. Pásele, Ismael. ¿Quiere un güisqui? Sírvase por favor. Acompáñeme.

Tres

Tu padre enviudó veintinueve años antes del recuento biográfico que estamos haciendo, si al principio la pasó muy mal, pudo reponerse del dolor que supuso la muerte de tu madre, y recuperó, tal vez con demasiada enjundia, su vida de soltero nuevo. Tuvo varias novias, viajó a muchos lados (inclusive a Epcot Center para satisfacer un anhelo infantil, lo que a ti te causaba gracia), encontró nuevos trabajos, se enamoró perdidamente de una vecina con quien derrochó sus ahorros, se sintió el hombre más feliz del mundo en su fiesta de setenta y cinco años por haber conseguido esa pareja, para al cabo recluirse en sí mismo porque, como te dijo un día, se había percatado de que aquella relación *no tenía futuro*. Te produjo tal ternura su comentario que no tuviste más que abrazarlo, había estado sinceramente enamorado y el rompimiento con esa mujer te trajo a la memoria los días aciagos del inicio de su viudez. Finalmente, una mala operación de la cadera lo dejó baldado apenas pasada la barrera de los ochenta, con una cojera que se fue incrementando poco a poco y le robó el porte de caballero del que se sentía tan orgulloso. Perder su *galanura*, como decían tus hermanas, fue un golpe del que no se repuso, y se fue sumiendo en una vejez solitaria a la que mucho ayudó la sordera crónica que padecen los varones de tu familia, a lo que hay que añadir el daño irreparable de la mácula que ya no le permitía leer, dibujar, ni siquiera ver las películas en

41

formato VHS que con tanto afán había coleccionado. Es cierto que nunca perdió el buen humor —la característica que resaltaba en su carácter y que le hizo tan querido por sus amigos—, pero como ya no se sentía a gusto con los demás, buscó cobijo en sus hijos, nietos, bisnietos, y sobre todo en sus recuerdos. En fechas recientes, irrumpía en cualquier conversación para preguntarles si, por ejemplo, alguien recordaba *La carga de los seiscientos*, y recitaba los versos de Rudyard Kipling cuyo inicio recordaba, según él, al dedillo: *Por el Valle de la Muerte los seiscientos van entrando.*[6] Con esas divagaciones desviaba la atención de la conversación en que estaban metidos, y todos se sumían, no muy conformes la verdad sea dicha, en sus recuerdos, donde él vivía en soledad hacía mucho tiempo.

De esa manera se hizo anciano, con sus achaques a cuestas, con su dificultad para caminar, escuchar y ver, convocando el recuerdo de su esposa, tratando de escribir un relato sobre Sherlock Holmes que era imposible que emprendiera, y sosteniendo su orgullo a base de terquedad, que lo hacía ver como un personaje de García Márquez, de quien fue

---

[6] Se refería a *The Charge of the Light Brigade*, la película dirigida por Michael Curtiz, que tu papá había visto en su juventud, y que les ponderó a lo largo y ancho de su infancia, recitándoles los versos que, según aseguraba, había escrito Kipling, pero que, no sé si lo sabes, pertenecen a un poema que Alfred Tennyson escribió para conmemorar el hecho histórico que cuenta esa película. La confusión podría deberse a que, como informa la Wikipedia: "En 1881 Rudyard Kipling escribe una respuesta a Tennyson, titulada *El último de la Brigada Ligera*, que intenta avergonzar al público británico describiendo las difíciles condiciones encontradas por los supervivientes de la Brigada Ligera". Es posible, no puedo negarlo, que ese poema fuera la inspiración del guionista del filme, como afirmaba tu padre, y no el de Tennyson.

amigo cuando este llegó a México. Ustedes, sus hijos, le decían que no era posible que viviera solo, no solamente era un auténtico minusválido, sino que sus muchos achaques lo ponían en riesgo, pero él se negaba a que alguien viviera bajo su techo, se había acostumbrado a su encierro y nada se podía hacer contra sus rutinas solitarias. Me acuerdo que cuando su deterioro fue evidente, tal vez hacía seis u ocho años, lo llevaste con el doctor Lauro Castanedo, un psiquiatra especializado en pacientes de edad avanzada, que le dio un consejo que tu padre siempre desoyó: "Busque alguien que lo asista, señor Soler, un ayudante del que se pueda servir cuando esté mal. Hágalo ahora que puede decidir y no les deje esa carga a sus hijos". Tú le pediste muchas veces que buscara ese ayudante pero nunca quiso hacerlo. "Yo puedo solo", era su respuesta, y siempre lo fue aunque al final era una mentira insostenible, a cuya evidencia nunca se rindió. Ni siquiera aquel domingo en que tu hermana Mireya lo encontró en el suelo; según le dijo tu papá cuando la vio, llevaba más de siete horas invirtiendo inútilmente sus pocas fuerzas en sostener su cuerpo para volver a la cama; con dificultad, tu hermana lo ayudó a levantarse, y una hora más tarde, cuando los demás llegaron, insistía en que si no se hubiera desesperado se habría sostenido de no se sabe dónde para levantarse. En otra ocasión tus hermanas lo encontraron exánime, acostado en el Reposet: se había quedado dormido, no tuvo fuerzas para levantarse y llevaba un día sin comer; su médico decía que dormir ahí le hacía mal, permanecer tanto tiempo sentado le producía mala irrigación en el cerebro y se acentuaban sus delirios, pero él no hacía caso y a la menor provocación se recostaba en el sillón y se quedaba dormido; en esa ocasión tú no estabas en la ciudad y te llamaron para notificarte el desaguisado, para entonces habían llevado a tu papá a una clínica donde comió y bebió; le pasaron el auricular para que hablaran, pero igual que con el incidente de su caída, se negó a darle importancia y no quiso aceptar más razones que las suyas.

A los pocos días fuiste a visitarlo para que se diera cuenta del peligro en que se encontraba. "Un día, cuando cualquiera de nosotros llegue a visitarte, te encontrará muerto, papá", le dijiste angustiado, "en tu cama o en el piso, y no sabremos qué te pasó". "No te preocupes, m'hijito", contestó, "no volverá a pasar". "No depende de ti", le explicaste, o intentaste explicarle, "tienes una serie de afecciones que no te permiten cuidarte solo, lo sabes desde hace mucho, no reconocerlo es hacernos tontos". "No quiero que nadie viva conmigo. La muchacha que viene en la mañana es suficiente, y en la noche me puedo atender solo". Les comunicaste esa conversación a tus hermanos, y por un tiempo se turnaron para pasar con él una noche a la semana y evitar que durmiera en el Reposet, pero no había caso, se levantaba para ir al baño y regresaba diciendo que volvía a la cama, pero iba al Reposet, el único sitio donde podía mitigar el dolor. Ya no era el hombre lúcido que había sido, su cabeza divagaba, había que gritarle para que escuchara, a veces respondía otra cosa aunque entendía lo que le habían dicho, y de la misma manera, un tanto torpe, se daba a entender.

—Sin embargo había un punto de lucidez en su voz —le dijiste a Javier pensando en el cadáver que habías encontrado esa mañana—, algo que no era fácil precisar pero que rondaba en su mirada, algo que aparecía sugerido en las historias que contaba o en los escritos que dejaba por ahí.

Tiempo después te enteraste de que Mireya le había hecho una pregunta similar a la tuya: "¿Si un día vuelves a caerte y no está ninguno de nosotros, qué vas a hacer?". Su respuesta, a la luz de los hechos, te dejaba frío: "Morirme", contestó, nadie sabía si con sorna o con una angustiada esperanza.

Siempre supusiste, tratando de encontrar sentido a sus decisiones, que esos viajes insomnes de sus madrugadas eran su única fuente de felicidad. Imaginabas su figura a la luz de la luna que se filtraba por la ventana; veías su cuerpo endeble, enflaquecido por la falta de ejercicio, tomando la andadera que estaba al lado de su cama; el pijama le iba flojo pero no le importaba; alisaba los cabellos alborotados sobre su frente, y chiflando una melodía que recordaba de su infancia, daba unos cuantos pasos por ahí, iba al baño o a la cocina a beber un vaso de agua, y regresaba al Reposet para que un gesto de alivio ocupara su rostro; se quejaba de alegría, no de sufrimiento, le importaba un comino lo que dijeran ustedes, estaba dispuesto a deambular de esa forma. Si la muerte lo sorprendía, ya vendría el fantasma de tu madre en su auxilio.

A últimas fechas se le habían incrementado ciertas manías y pedía, por ejemplo, que le dejaran manejar su dinero. "No, papá", le decía Mireya, "ni siquiera puedes ver los billetes". Él se molestaba y se iba refunfuñando. Una noche que te tocó quedarte a dormir en su casa lo cuestionaste por esa rara insistencia. "¿Para qué quieres que te den tu dinero?", le preguntaste, "no te falta nada, entre la muchacha y Mireya se encargan de todo". "Es cierto", te dijo sobando los dedos índice y medio sobre el pulgar de su mano derecha, "pero me gusta contar billetes". Su respuesta te tomó fuera de lugar, y lo imaginaste, con ese movimiento de sus dedos, contando una y otra vez un fajo de dinero. "¿Y eso por qué?", volviste a peguntar. La respuesta de tu padre fue aún más insólita: "Porque creo que soy avaro". No supiste qué contestar, no sabías si quería revelarte un rasgo de su carácter, si estaba saliendo con una de sus múltiples mentiras, o si era la expresión de un vicio que ni tú ni nadie conocía.

En esa época tú la pasabas más mal que nunca. Después de renunciar a la Universidad te fuiste a Barcelona, donde en tres meses escribiste una novelita sobre tu juventud, en la que, despues del suicidio de Prados, le atribuías un influjo particular a la luna para explicar las desgracias de la humanidad (dejándote llevar por tu imaginación te habías inspirado en los versos con que Otelo culpa al astro de sus celos: *el verdadero error de la luna es acercarse demasiado a la tierra: vuelve a los hombres locos*). Al cabo regresaste a México, escribir aquel relato te había reconfortado, pero en los últimos días en Barcelona habías visto una exposición de Chagall que te perturbó al punto de que creíste que el origen de tus infortunios estaba en algo emponzoñado que crecía en tu interior, y aunque viniste convencido de que no querías esconderte y estabas decidido a enfrentar tus contradicciones, aquel *algo* flotaba dentro de ti y te había sumido en una melancolía imposible de superar: todavía no tenías trabajo, pasabas el día deambulando por casa, extrañando a Anna, sin saber cómo resolver el caos que te había dejado el ataque (nunca supiste de qué otra manera llamar a lo que te sucedió sino *ataque*) que sufriste al inicio de aquel año, y esa noche, después de conversar con tu papá, la posibilidad de que fuera avaro te produjo un escalofrío. Nunca habías hablado con él de lo que te había sucedido, le extrañaba que Anna nunca te acompañara, pero no decía nada. Lo hacía por discreción, te decías, o porque no quería enterarse de nada, el caso es que lo dejabas pasar, tenías ganas de confiarte con él, lo necesitabas, lo que habías sufrido te tenía sumido en una depresión insoportable y el consuelo de tu padre te habría ayudado mucho, pero no podías ser tan desconsiderado, la prueba de su deterioro, de su trastorno emocional, digamos, era ese *porque soy avaro* que tanto te estremecía.

—Igual era una revelación que una manía o un delirio —le comentaste a Javier, necesitado de compartir aquella confidencia—. Me pregunté qué pasaba por su mente. ¿Sufría de demencia senil o la vejez le permitía abrir su alma sin tapujos y aceptar que le gustaba retener su dinero y no le gustaba compartirlo?

El dinero había sido un factor conflictivo en su vida, nunca se sabía qué hacía con lo que le pagaban, ni siquiera si era una cantidad que correspondiera a la calidad de su trabajo; nadie tenía idea en qué lo gastaba, si se lo daba a su madre, tu abuela, si lo botaba por ahí o mantenía a otra familia; el caso es que durante largas temporada no entregaba *el gasto*, y hasta que tu madre se quejaba se ponía al día y cubría varias semanas atrasadas. Seguro recuerdas la conversación en la que tu mamá te enseñó una libreta donde llevaba las cuentas de la casa, lo que gastaba, cuánto ponía ella y todas las semanas en que tu padre se había hecho guaje y no le daba nada. Hacía años que ella vendía joyería entre sus amistades, y el dinero que ganaba le permitía, según sus propias palabras, financiar el déficit provocado por tu padre. Que tú recuerdes, siempre estuvo en deuda con tu mamá, y justificaba sus retrasos diciendo que era un mal administrador, que cobraba bien pero el dinero se le iba en nimiedades. Después de aquella conversación sobre su avaricia te preguntaste si era posible que hubiera guardado sus billetes para contarlos a escondidas.

Esa noche tuviste malos sueños, se te vinieron a la cabeza escenas de tu infancia y adolescencia, los nefastos negocios que tu papá había hecho a lo largo de su vida, las peleas con tu madre por motivos económicos, las veces que lo habían estafado después de ensalzar su calidad de dibujante, su negativa a trabajar en publicidad (donde cobraría mejor que como cartonista o monero, como acostumbraba llamarse, pero hubiera sentido que *vendía* su arte), y la huella que todo aquel caos financiero dejó en ti. A tu sueño vino una escena repetida mil veces: acostumbrabas, cuando todos se habían ido a dormir, escuchar música sinfónica en la sala de tu casa, ponías un disco y te recostabas en el suelo, al rato sorprendías a tu papá acostado a tu lado, había venido a acompañarte y te acariciaba el cabello para indicarte que estaba ahí, no quería hablar, con acompañarte —con que se hicieran mutua compañía— era suficiente; no te preguntaba si tenías problemas, si estabas triste, sólo estaba ahí, y tú entendías que era su modo de decirte que siempre estaría contigo, en las buenas y en las malas, a tu lado. Esa escena volvía a tus sueños mezclada con el movimiento inconsciente de sus dedos, con su caminar lento, arrastrando la andadera y su mirada tratando de fijar un objeto; un torrente de imágenes que mezclaba la realidad con la fantasía, y tú te repetías que había sido un hombre solidario que se tendía a tu lado para acompañarte, que a lo mejor había sido un tanto irresponsable, pero no podía ser el avaro que se ocultaba del mundo —de ustedes— para contar su dinero. A todo el mal acumulado en tu alma ahora se sumaba esta desconcertante confesión: mientras tú necesitabas recurrir a él, reencontrarte con el padre solitario que habías tenido, él iba perdiéndose en las neblinas de su pasado.

Al despertar, con ojos legañosos, supiste que a partir de ese sueño habías quedado enredado en una trampa: tu padre se había trasladado a un mundo alucinante, habitado sólo por él, del cual sólo podrías especular. Si la vejez lo había inutilizado físicamente, a lo mejor lo estaba dotando de una sabiduría espiritual que no podías valorar. Lo viste de nueva cuenta pasear por tus sueños como si quisiera que recordaras su vida, que la observaras desde esa no lógica en la que se había instalado. Tras las cortinas despuntaba la madrugada en un vano intento por facilitar tu tránsito a la vigilia. Trataste de espantar el cúmulo de imágenes que te abatían, pero no pudiste, el recuerdo de la vida de tu papá estaba ahí, como la señal de una realidad tan nueva como desconocida, rondando por los vericuetos de tu mente. ¿No era el momento de contarle lo que te había pasado?, ¿podría comprenderte en su situación?

—Desde esa noche —agregaste ante la mirada incierta de Javier—, parecía que papá quería que yo comprendiera algo que nunca había notado y cuyo significado estaba en mi sueño, pero yo no quería o no podía ver.

La idea que conservabas de él, te decías, era muy diferente de la del viejo ávido de contar dinero en que de repente se había convertido, siempre había sido un hombre abierto, dispuesto a darse de cates con la vida. Cuando, por ejemplo, regresaste al equipo de futbol de la escuela donde estudiaste la secundaria, tuvieron una discusión que fue muy significativa, y en la que tú creías ver la esencia de la personalidad de tu padre, pero al recordar sus palabras pensaste que a lo mejor lo habías malinterpretado y tuviste la impresión de entrever, de descubrir, a otro hombre, tal vez al hombre que estaba en las señales que te había enviado a través de tu sueño.

—El entrenador me puso de defensa —dijiste sin saber por qué recordabas esa anécdota, ni por qué te parecía tan importante para dar sentido a la imagen que, tenías la impresión, tu padre quería que descubrieras—, al principio me sorprendió pues siempre fui extremo, pero acepté porque jugábamos contra el Instituto México, nuestro acérrimo enemigo, y yo recién regresaba al equipo.

Estás sentado frente a Javier (a quien todavía tienes la tentación de decirle Ismael), aunque la recámara es grande, se ve pequeña porque todo está amontonado pues tu papá había ido trayendo todo lo que necesitaba para no tener que salir de su cuarto: su mesa de dibujo, la televisión, sus libreros, el mueble con sus videos y el archivero con los papeles de toda la vida. Pensaste que había construido una guarida.

—Justo cuando entraba a secundaria —continuaste—, abandoné con varios compañeros lo que llamábamos el club deportivo de la escuela. Fue un gesto importante porque renunciábamos a jugar en la selección de futbol.

Poco antes habían formado un equipo que comandaba el profesor de inglés, quien esperaba grandes cosas de ustedes; el *Teacher*, como le decían, les había prometido que participarían en alguna liga independiente, pero por angas o mangas fue dándole largas al asunto, y al cabo terminaron jugando en varios llanos con equipos de medio pelo, un poco desorganizados y con pocas satisfacciones deportivas. Quizá fue la desilusión de no saber contra quién jugarían el sábado siguiente, o esa sensación de perder el tiempo para enfrentar a equipos que se juntaban en el llano a la carrera, lo que te llevó de regreso al torneo escolar junto con uno o dos de aquellos amigos desertores. Recuerdas el partido en que te reuniste con tus antiguos compañeros como una pelea memorable; no tienes claro si ganaron, pero mantienes viva la sensación de haber salido satisfecho del partido: no sólo habías regresado a la escuela sino que la posición en la que jugaste, defensa izquierdo, fue muy grata. Esa noche le contaste a tu papá lo contento que estabas, y que jugar de defensa te resultó divertido. "No aceptes", dijo tajantemente, "o te ponen de delantero o no juegas". Nunca esperaste que dijera eso, y si acaso esperabas algún comentario sus palabras te desconcertaron. "El equipo está armado", argüiste, "y lo que necesitan es reforzar la defensa. Yo puedo ser útil en esa posición y me gustó". "Nada", respondió él, "sólo los delanteros son importantes, pues el chiste es meter goles… Tú tienes que ser el mejor y los mejores juegan de delanteros".

Es sin duda un diálogo imaginario, pues no es posible que recuerdes las palabras que te dijo, pero tienes la impresión de que el término *ser el mejor* surgió en aquella plática, y si no fue tal cual lo has descrito, debe asemejarse mucho a la realidad: tú tenías que ser el mejor y los mejores jugaban de delanteros. ¿No se podía ser el mejor defensa, medio o portero?, ¿por qué sólo quienes metían goles podían considerarse *los mejores*? Es un asunto intrascendente, pero es una duda que te ha perseguido toda la vida.

—No lo entendí —seguiste contando recostado en el Reposet—, pero si aceptaba ser defensa en realidad estaba aceptando que nunca sería el mejor jugador del colegio, y esa decisión encerraba una suerte de traición a papá.

En tu familia estaban muy orgullosos del talento de tu padre para dibujar. Durante mucho tiempo trabajó para diversas revistas que editaba el periódico *Novedades*, más tarde dibujó para la Editorial Novaro (que publicaba los mejores cómics norteamericanos). Primero hacía tiras y cartones cómicos, una tradición en México, pero después se pasó al cómic y dibujó varios donde, usando un distribuidor, fue su propio editor. Estuviera donde estuviera siempre se lo dijeron, *eres el mejor*, a lo que frecuentemente seguía un consejo: debería ir a Estados Unidos, donde reconocerían su talento y le pagarían lo que merecía.

—Tengo la impresión de que ser el mejor, nomás así, ser el mejor, no tenía chiste, sino que tenía que ir aparejado con un pago sustancioso, que, junto a la incapacidad de mi padre para manejar su dinero, debe haberlo preocupado.

Nunca has olvidado el día en que llegó a tu casa una carta timbrada en California. Un amigo de tu papá (crees recordar que se apellidaba Cardoso, quien se había ido a vivir a Los Ángeles y consiguió trabajo en un *syndicate*) había mostrado sus dibujos, y los directivos quedaron tan sorprendidos de su calidad que le pidieron que invitara a aquel dibujante para que trabajara con ellos. En tu casa se armó un revuelo de Dios guarde la hora con la posibilidad de que tu padre fuera a vivir al extranjero. "Es una gran noticia", le dijo tu mamá, "es un reconocimiento a tu calidad, ¿no dices que eres el mejor dibujante de México?, pues te están dando la oportunidad de demostrarlo". Tu padre la vio desconcertado, según recuerdas, podrías decir que con susto en los ojos, y dijo que lo iba a pensar, que sí, tu mamá tenía razón pero tenía que sopesar los pros y los contras. "Yo me hago cargo de los niños", agregó ella, "y te alcanzamos cuando estés establecido". Tendrías entonces seis o siete años, tu mundo giraba alrededor de tu padre, y la idea de no verlo durante un tiempo que parecía eterno te entristeció, aunque no dijiste nada después de constatar la firmeza de tu madre. Me parece que esa plática tuvo lugar al finalizar una comida, que estaban reunidos en el antecomedor y quedaron conmocionados con la noticia. Antes de retirarte a hacer la tarea abrazaste a tu papá (es probable que lo hubieran abrazado todos en bola, tus hermanas, tu mamá y tú, pues Gabriel apenas tendría un año y medio y seguro no estaba con ustedes en ese momento). Después fuiste a tu cuarto y lloraste a solas. Puedo verte en ese momento, tal como se lo contabas a Javier, después de tantos años seguías llorando por la ausencia de tu padre, esa ausencia que ahora era una realidad.

Esta escena, tan fugaz, fue vital para ti, al punto que hiciste un breve recuento de ella en el libro que escribiste sobre la muerte de tu madre, y esa noche en que bebías güisqui para disipar el dolor que te ha dejado esta otra muerte, la de tu progenitor, volviste a recordarla. Es como una cicatriz que a la menor provocación vuelve a supurar, y te sientes de nuevo aquel chiquillo que llora la ausencia de un padre que todavía no se va, que llora una ausencia imaginaria que tiene que ver con la absurda búsqueda de ser el mejor.

El éxito profesional de tu padre era un asunto de suma importancia en tu familia, del que quizá nunca has sabido calibrar su dimensión aunque buena parte de tu vida haya girado alrededor de ello, y muchas de las cosas que te sucedieron entre los siete y los doce años estuvieron colgadas de ese posible éxito. Tu papá fue un niño tímido, fantasioso, que creció con una madre dominante, quien, según dicho de ella misma, obedecía los dictados de su *corazón de pollo*. Tu abuela se había divorciado a los pocos años de casada, harta de que su marido botara el dinero en partidas de cartas. Había tenido tres hijos, dos mujeres y un niño, pero sólo había sobrevivido este, tu padre, lo que dejó en aquella familia endeble una huella de dolor y resentimiento. Tu abuela se debe haber separado, que no divorciado, cuando tu papá tendría cinco años, y logró sostener su hogar gracias al apoyo de Jaume, un hermano de tu abuelo, y al trabajo de ecónoma que tenía en la Secretaría de Salubridad y Asistencia. Tu padre siempre recordaba su infancia con sentimientos encontrados: por un lado, ir de casa en casa, acompañar a su madre en los trabajos que le encomendaban (estaba empleada en escuelas que respondían al nombre de *Amiga*

53

Obrera, donde administraba la cocina en que se preparaban los desayunos escolares), alimentó su carácter soñador, pues se creía personaje de exóticas aventuras que ocurrían tanto en su mente como en los terrenos baldíos que rodeaban las escuelas; pero por otro, le dejó la sensación de que no pertenecía a ningún lado, que era pobre con apellido de familia rica, no tenía casa y vivía arrimado, como se decía, en pensiones que les daba la escuela, o en las casas donde Jaume les facilitaba una habitación. ¿Nunca te has puesto a pensar lo que significaba para tu padre que toda la familia Soler —Solell, como se escribe en catalán— tuviera dinero, y que él no, pues su padre, Josep, fue un dandi al que se le iba el dinero con la misma facilidad que lo recibía? Todos llegaron exilados de Cataluña al finalizar la primera década del siglo, con una mano adelante y otra atrás, pero todos, con tenacidad catalana, rehicieron sus fortunas, incluido tu abuelo, con la diferencia de que mientras el resto la conservó, él se la botó en trajes, botellas de güisqui y casinos clandestinos.

¿Qué pensaba tu papá, cómo sería la relación, digamos, con sus primos?

De algún lado, en ese marasmo emocional, tu papá rescató la idea de que debía destacar, y la oportunidad se la dio el deporte. Fue un muchacho alto, musculoso, de buen talante, que brilló en todas las competencias escolares en las que participó, tanto individualmente, en atletismo o natación, como en competencias por equipo, principalmente en futbol americano, donde fue una estrella en cada torneo que participó. Era muy popular entre sus compañeros, no por sus calificaciones ni por el prestigio social de su familia, sino por su buen desempeño deportivo. Parece que las muchachas lo perseguían, y cuando ingresó a la preparatoria era un chico de popularidad envidiable, lleno de pretendientas, que había dejado atrás la sensación de fantasía y fracaso que nutrió su infancia.

Por ese tiempo debió darse cuenta de la facilidad para dibujar que lo había acompañado desde niño y se inscribió en la Escuela de Arquitectura, carrera que abandonó a los dos años, pues se había enamorado de una jovencita que conoció durante el último año de preparatoria, que al cabo sería su esposa, y con quien procreó la familia que tanto disfrutó a lo largo de la vida.

Obligado a tener ingresos cuando le propuso a su novia que se casaran, se presentó en el periódico *Novedades* a solicitar trabajo como dibujante de cartones de humor, al estilo de los de Abel Quezada, el monero más popular de la época. Preparó varios ejemplos donde imitaba diferentes estilos, que sorprendieron tanto al encargado (si no recuerdas mal, un tal Señor Sierra), que consiguió que lo admitieran de inmediato. Al principio trabajó con uno de los tantos equipos que producían las historietas semanales de la editorial, pero a los pocos meses le asignaron un espacio sólo para él, y pudo desarrollar su ingenio tanto en el cartón político como en una página semanal, de diez o doce cuadros, donde contaba las aventuras de su primer héroe, *Rex, el hombre de bronce*, que muchos lectores alababan en sus cartas a la redacción. Es probable que conseguir ese trabajo le hubiera producido una gran emoción, no sólo porque le permitiría casarse con tu madre, sino porque hacía uso de una imaginación aventurera que hasta entonces mantenía maniatada. Sus juegos de infancia, tú lo sabes mejor que nadie pues te lo contó muchas veces, consistían en contarse historias delirantes; salía al amplio llano que estaba atrás de la escuela donde trabajaba tu abuela, y empezaba a narrarle a su acompañante, el hijo del portero del colegio, lo que iba a sucederles; iniciaban así un safari donde encontrarían enemigos fabulosos, y los dos hacían caso omiso de que sólo daban vueltas en redondo por el llano; no sucedía nada pero él imaginaba y contaba que sucedía todo; eran historias comprensibles en un niño, no en un hombre, a menos de que esas historias fueran parte de una página o de un cómic entero, para que esas aventuras adquirieran un cierto sabor de credibilidad. Como era un lector irredento de folletines —desde los de *Tarzán* de Edgar Rice Burroughs, hasta *Los Pardaillan* de Michel Zevaco, pasando por Salgari y la inigualable *Moby Dick*—, se inspiraba en esas lecturas para construir sus argumentos.

Se puede decir que, en aquel pequeño mundo del periódico *Novedades*, su ascenso fue meteórico, y era un profesional exitoso a pesar de haber abandonado la universidad. Quizás en su familia no estaba bien visto que fuera monero, pero la posible sensación de fracaso que pudieron dejarle sus críticas, o la misma deserción escolar, quedó atrás, y antes al contrario, el reconocimiento general que recibía por sus dibujos lo hacía sentir que se había realizado. Había cambiado el emparrillado en la cancha de futbol americano por el cartón en blanco donde surgían sus magistrales figuras; cambió los gritos de los fanáticos por los piropos que recibía en el periódico al entregar el cartón de cada día; y el reconocimiento de sus compañeros de escuela, por el lugar que ocupaba en el nuevo imaginario familiar. Con el tiempo pasó de rentar el departamento (en la esquina de Medellín y Coahuila, donde nacieron Adriana, Mireya, y tú mismo, y donde murió tu hermana Gabriela a los cuarenta días de nacida, de un mal que nunca se supo si era del corazón o una apnea del sueño que le rompió la respiración), a comprar la casa de Nicolás San Juan, en la colonia Del Valle, que representaba el ascenso social que tu papá había esperado con vehemencia. En esa casa, símbolo de su prosperidad, nació Gabriel, y a esa casa llegó la carta timbrada en Los Ángeles, ofreciéndole trabajar en Estados Unidos.

Muchas veces, lo sé, has imaginado a tu padre en el trance de decidir si aceptaba o no la proposición de los norteamericanos. Sabía, o al menos creía, que ahí se jugaba su vida sin que hubiera tenido que jugarse nada: era un triunfador, aceptar o no era lo de menos, no necesitaba hacerlo, tenía lo que quería, podía haberse negado igual que hubiera podido aceptar, las cartas estaban de su lado, pero algo sucedió que cambió su vida, que parece que ni él pudo comprender ni tú desentrañar, pero estás seguro, siempre lo has estado, de que aquel mandato de *ser el mejor* jugó un papel fundamental en su decisión.

Es increíble cómo ciertos hechos —mínimos, grandes, casuales, no importa— marcan nuestro futuro. Faltaba tiempo para que lo supieras, pero la kabbalah dice que las fuerzas de la luz y la oscuridad son como estaciones de radio que transmiten sus ondas las veinticuatro horas del día, y que los seres humanos somos propensos a escuchar la frecuencia que se emite desde un yo interior —llamado ego— pues el locutor que transmite esos recados tiene nuestro timbre de voz, y aunque su contenido sea engañoso, una trampa que entorpece nuestra posible realización, sus palabras nos suenan familiares; sin embargo, cuando recibimos la otra frecuencia, la que se transmite desde esa parte que busca nuestra *realización real*, tenemos sólo una pálida sensación de familiaridad, no reconocemos la voz que nos habla y preferimos seguir en la comodidad que nos brinda el empoderado ego. ¿Te has preguntado alguna vez si fue eso lo que sucedía con tu papá mientras meditaba acerca de su futuro? Trata de imaginar lo que pasó por su mente, lo que lo entusiasmaba o asustaba de aquella oferta: ¿qué le habrá dicho su ego?, ¿por qué era tan importante, si ya era el mejor dibujante, recibir el reconocimiento de los gringos? Supongo que atreverse o no atreverse a ir a los Estados Unidos se convirtió en la pregunta de su vida, ¿de qué lado habrá puesto *su realización real* en esa disyuntiva? Me parece que es la respuesta que estamos buscando al hacer este recuento.

—Creo que mi padre no lo sabía —le comentaste a Javier— y creo que lo ignoró hasta el día de hoy en que murió, pero ahí se jugó su futuro emocional.

Finalmente no fue a California. No recuerdas qué pretexto puso, pero se quedó en México, y la armonía familiar en que habías vivido volvió a su cauce. Siempre sospechaste que tu abuela tuvo que ver en aquella decisión, pues era en extremo dependiente de tu padre; uno de los hermanos de tu abuelo, Sergi (de quien heredaste el nombre), decía que estaba *enferma de hijo*, expresión que define con precisión su comportamiento; y si tú, el niño que entonces eras tú, pensaba que estar alejado de su padre era doloroso, tu abuela le debe haber dicho que si se iba a vivir al extranjero ella se moría de abandono. El caso es que tu papá le escribió a su amigo disculpándose por no aceptar la invitación, no estaba preparado para pasarse al cómic, dijo, y el no haber ido a Estados Unidos quedó como prueba de que a pesar de ser el mejor dibujante de México, no había sido reconocido, por decirlo así, en las grandes ligas.

El reconocimiento —palabra maldita donde las haya— jugaba un rol definitivo en el asunto de *ser el mejor.* Ni tú ni nadie tenían duda de que las facultades de dibujante de tu padre eran extraordinarias, la calidad de su trazo era excepcional, y sin embargo él nunca se sintió satisfecho con sus logros. Es verdad que se ponía muy alegre cuando terminaba sus cartones, pero si repasas el conjunto de su vida, te darás cuenta de que siempre echaba algo en falta. El reconocimiento, fuera el que fuera, nunca era suficiente. Quizá por no haberse permitido jugar en las grandes ligas, tal vez porque nunca ganó el dinero que le pagarían en Estados Unidos, no lo sé, pero hasta esa noche en que conversabas con Javier Rodríguez descubriste que entre *ser* el mejor y ser *reconocido* como el mejor, se libró la batalla de la insatisfacción de tu papá.

¿Fue esa experiencia la que le impulsó a decirte, cuando tenías apenas trece años, que no aceptaras jugar de defensa en el equipo de la escuela? Tampoco lo sabes y no pudiste preguntárselo en sus últimos meses de vida, tu padre había alcanzado la friolera de noventa y cuatro años de edad, y aunque no acusaba ninguna enfermedad, su mente no se desempeñaba con claridad, y es posible que no hubiera podido aclarártelo. Así que sólo podías consolarte con recordar al hombre alegre que de niño te enseñó un sinfín de juegos, y a enternecerte al pensar en la forma en que fue perdiendo aquello que un día lo sostuvo. Aunque debes reconocer que te extrañaban sus inesperados brotes de lucidez (o que tú prefieres calificar así, de lucidez), la forma, por ejemplo, como reconoció que era avaro (lo que suscitó esta larga disquisición), o cualquier otro comentario al que podía seguir una barbaridad igualmente inesperada, como cuando te contó que hacía pocos días estaba volando, no en un avión sino que volaba por sí mismo, pero que no podía acordarse si lo soñó o lo había vivido en realidad.

—Me admiró que su rostro se hubiera iluminado —dijiste sin poder evitar una sonrisa—, y no me atreví a decirle que era imposible que hubiera volado, que tuvo que haber sido un sueño y nada más.

Si tu papá vivió entre fantasías, si dejaba pasar los días y los meses mezclando las historias de los cómics que acabó por dibujar con el anecdotario de su vida, si bebiendo de ese coctel tomó gran parte de sus decisiones, ¿podría ser que del mismo coctel siguiera nutriendo cada hora de su ancianidad? Volviste de nuevo la mirada hacia la habitación de tu padre, y tuviste la impresión de que cada objeto te hablaba de él, del transcurso de su vida, de su presencia y al mismo tiempo de su ausencia. Te alegró estar con Javier. No sé si hubieras resistido haber estado solo en medio de todos sus objetos. Creo que si Javier no hubiera venido tampoco habrías podido irte del departamento, que algo inexplicable te hubiera retenido (como les sucede a los invitados a la cena de *El ángel exterminador*, la película de Luis Buñuel) y la idea de que podrías haber estado en soledad te estremeció. Te recordaste acostado en el piso, escuchando música, cuando tu padre venía a acompañarte; habías utilizado esa imagen en la novelita que escribiste escondido en Barcelona, para indicar cuánto te importaba su compañía; no era una escena que hubiera sucedido tal como la contaste, pero el sentimiento que describiste era exacto: había finalizado una etapa fundamental de tu vida y entrabas a la siguiente acompañado del cariño de tu padre. Ahora, sin embargo, ya no estaba, nunca más estaría a tu lado, y sólo te quedaba un puñado de imágenes, muchas de ellas contradictorias: la del viejo que se encerraba a contar dinero, la del hombre que no te dejó jugar de defensa aunque él no hubiera enfrentado el reto de ir a los Estados Unidos, y solamente podías asirte al recuerdo del anciano que vagaba por su casa buscando el fantasma de esa esposa que se le aparecía en las madrugadas. Te dolía el corazón de pensarlo, de recordar que dos días antes habías hablado con él y ahora no estaba. Era como si apenas quedara algo de esa vida que —desde que saliste de la apendicectomía hasta ese momento en que, con un güisqui en la mano, observabas la habitación de tu padre— se había reducido a nada: seguías sin recuperar tu trabajo, la editorial acababa de retirar tus libros de las librerías, Anna te bloqueó en su teléfono, y para colmo, como cerrojazo de esa mísera nada, tu padre había muerto. ¿Qué quedaba?, ¿a qué podías asirte?, ¿en cuál de esos tristes e inútiles recuerdos podías cobijarte?, ¿tenía caso que se te viniera a la cabeza tal cantidad de infortunios?

—¿Sabe? —dijiste hurtando la mirada de Javier—, le agradezco que se haya quedado conmigo, me reconforta que esté aquí, pero no sé por qué le cuento todo esto, precisamente a usted, con quien nunca me he confiado.

—Tal vez por ello —te contestó poniendo su gesto de testigo implacable.

—Pues entonces tiene que saber —agregaste dejándote llevar por una intuición— que hace unas noches hablé con mi padre de lo que me sucedió en febrero, y de lo cual usted fue un espectador más. Como le dije, papá estaba envejecido, no era el de siempre, pero seguía siendo mi padre, y no era justo ni para él ni para mí que guardara ese secreto. Así que un día me armé de valor y en esta habitación le conté lo que me sucedió. No sé si hice bien, si le causé un dolor tan grande que colaboró con su deterioro, o tal vez, haberlo enterado de mi descalabro lo liberó y pudo al fin aceptar la muerte. No lo sé, en esa plática estuvimos muy unidos, y como siempre, nos confundimos uno con el otro.

Cuatro

Por eso —por su estado, su vejez, por lo que calificabas de desvaríos— no le habías contado a tu padre el percance (para darle un nombre leve en vez de *ataque*) que tuviste al principio del año, y que se convertiría en la prueba irrefutable de que vivías en ese oxímoron que muchas veces llamaste *Paraíso del infortunio*. "¿Para qué lo entero de lo que me sucedió?", decías, "sólo voy a hacerlo sufrir. Con que yo la pase mal es más que suficiente". Sin embargo, en la última sesión de la terapia que habías iniciado con la doctora Marcela Almanza, te diste cuenta de que tenías que hablar con él, enterarlo, aunque fuera de forma general, de aquellos sucesos. Según contaste (como era frecuente, a propósito de nada), tu padre había sido un confidente de excepción, no tanto por sus consejos sino por la solidaridad con que reaccionaba a cualquier cosa que le dijeras. Siempre te había hecho bien tenerlo al tanto de lo que te pasaba, alegre o triste, importante o intrascendente. Con la edad nada había cambiado y le confiabas hasta las nimiedades de tus correrías sentimentales, que era lo que él había hecho a partir de que se recuperó de la muerte tu mamá, y te hizo confidente de sus amores.

—No era momento de cambiar, ¿no cree? —le dijiste a Javier ya entrada la madrugada, igual que se lo habías dicho a tu psicoanalista al final de aquella sesión en que hablaste de la importancia de la relación con tu papá—. Su vejez no podía ser un obstáculo para desconfiar de él, si acaso, era un inconveniente. Así que una noche, como le digo, vine a verlo. Creo que él pensó que quería reconvenirlo por negarse a vivir con alguno de nosotros y tuve que aclararle que no, que sólo quería contarle algo personal. Me pidió que viniéramos a su habitación y pude enterarlo, finalmente, de lo sucedido cinco meses atrás.

Aunque en la novela que escribiste en Barcelona le diste más importancia a la época en que fuiste promotor de grupos musicales, la realidad es que tu dimensión en la cultura mexicana se debía a tu trabajo como editor, al principio dirigiendo tu propia editorial, Editorial Nuevos Aires, que tuviste que cerrar cuando la crisis financiera de los años ochenta, y te contrataste como editor de varias editoriales españolas en las que pudiste publicar a grandes autores de nuestra lengua, Carlos Fuentes, Mario Vargas Llosa y Arturo Pérez Reverte, entre otros, y a dos premios Nobel de otras lenguas, Günter Grass y José Saramago, nada menos. Fue una experiencia divertida, ¿verdad?, hablar con todos ellos, conversar sobre sus manuscritos, hacerles sugerencias, planear sus siguientes novelas, como sucedió cuando Pérez Reverte inició la serie de su espadachín, *El Capitán Alatriste*, para la que tomó el apellido de un amigo que tú le presentaste, Sealtiel Alatriste. En fin, querido, que esa época, *tu tiempo de editor*, como te referías a ella, fue muy estimulante y te ayudó a desarrollarte social, personal y vocacionalmente, ya que en el mismo lapso publicaste ocho novelas que tuvieron un éxito relativo, pues incluso ganaste el Premio Planeta que en México se concedía a través de la editorial Joaquín Mortiz; esa carrera en los libros, llamémosla así, te había permitido representar un papel más o menos relevante en lo que se daba en llamar *república de las letras*, y gracias a ello pudiste pasar algunos años en Barcelona, ciudad en la que viviste seis años que no dudabas en calificar de espléndidos, quizá los mejores de tu vida; regresaste a México para tener una sociedad efímera con Javier Rodríguez en su agencia de representaciones artísticas; y de ahí te integraste a la UNAM como director de Fomento Editorial, paso previo para dar forma a la Coordinación General de Publicaciones, a donde llegaste en 2008 para que pudieras diseñar el plan de publicaciones que te encargaría el doctor José Narro, que cinco años después empezaba a dar frutos.

A pesar de que tus responsabilidades en ese cargo eran grandes, te hiciste un hueco para escribir dos nuevos libros, que en cierta manera representaban el esfuerzo literario más serio que habías emprendido hasta entonces. Me hace gracia su proceso de gestación: en 1981 había aparecido tu primera novela que, aunque te gustó no te dejó del todo satisfecho, sobre todo porque fue editada bajo el sello de Nuevos Aires, y después de algunos meses no entendiste por qué la habías publicado; la primera edición se agotó en poco tiempo y apareció, incluso, una segunda; las reseñas no fueron malas, a excepción de una del escritor argentino (entonces exiliado en México) Mempo Giardinelli, que fue tan dolorosa que te abrió los ojos a las limitaciones que tenías como escritor, y por ello, aunque la segunda edición también se agotó, te negaste a hacer otra reimpresión so pretexto de que harías alguna corrección. La verdad es que no sabías cómo abordarla, en la versión publicada habías puesto todo lo que sabías como narrador, y a pesar de que tenías identificadas sus fallas te sabías incapaz de corregirlas. Te conformaste con ir comprando los ejemplares que aparecían en las librerías de viejo para sentir que hacías algo. Un día, cuando salías de la Coordinación General de Publicaciones, recordaste aquel viejo relato e increíblemente se te ocurrió la manera de reescribirlo: la novela debía tener forma de ensayo, con el estilo que José Saramago había utilizado en su *Ensayo sobre la lucidez*; no se trataba de seguirlo *al pie de la letra*, antes al contrario, su forma debía ser sencilla, de frases cortas y directas, pero la trama se debería desarrollar como si *ensayaras* los temas de la novela, y aún, para acentuar la ambigüedad de su género, pondrías notas a pie de página que funcionaran como digresiones narrativas. Por otro lado, en la novela que habías escrito pocos años antes, diste con un territorio imaginario que te resultaba ideal: una ciudad que llamaste *Santomás*, fusión de Buenos Aires con la Ciudad de México, que te permitiría darle a tu nuevo relato —más bien viejo, en realidad— la textura fantástica que requería, pues ahí, en ese *Santomás* delirante, el acontecer de Dreamfield, tu desquiciado personaje, sería creíble. Llegaste a casa en estado febril, te pusiste a trabajar de inmediato y no dejaste de hacerlo en dieciocho meses, al cabo de los cuales no sólo terminaste la nueva versión de tu noveleta, sino que también habías escrito un libro gemelo, de cuatro ensayos sobre el tema del relato: *la ilusión*.

Treinta años después de haber publicado tu primer libro, ¿te das cuenta?, lo habías reescrito como debiste hacerlo desde el principio, y sin percatarte del todo habías conseguido algo que siempre fue, precisamente, *una ilusión*: escribir simultáneamente una novela y un libro de ensayos.[7]

---

[7] Te inspiraste en Albert Camus, quien en 1942 escribió su primera novela, *El extranjero*, y el libro de ensayos conocido como *El mito de Sísifo*. Quiso publicarlos el mismo día pero su editor se negó, y por eso la fecha de publicación es del mismo año pero con varios meses de diferencia.

Tengo la impresión de que aquí hay que hacer un alto, pues este breve bosquejo de tu vida profesional no desvela la influencia que habías adquirido en el mundo cultural, que sin duda fue un factor importante en el *percance* que tuviste que enfrentar. Creo que el conjunto de tus actividades —como promotor, editor, e incluso como escritor— te había colocado en una situación que podemos llamar *influyente*, y que sobre todo esa rara combinación de hombre de empresa con intelectual de cierto prestigio (incluso fuera de México) te hacía candidato a ocupar algún puesto en el siguiente gobierno. Con conciencia o sin ella (no es este el lugar para discutirlo) te habías metido al juego político, y para la gente eras un *candidato*, dejémoslo así, para ocupar un cargo relevante en el sector cultural, al que obviamente unos apoyaban y otros tantos combatían. Tú lo sabías, no eres ningún tonto, y jugabas tus cartas, pero hay que decir (más tarde me gustaría hablarte de ello) que lo hacías con ambigüedad, con sinceridad frente a quienes te apoyaban, y prepotencia con tus opositores. Así, cuando cumpliste esa *ilusión* de publicar tus dos libros, te habías colocado en la mira de las personas que participaba de la vida pública nacional, lo que indudablemente era reflejo de tu tesón profesional, pero también, como le pasó a tu padre, de tu hambre inaudita de reconocimiento.

Tu vida sentimental en ese mismo periodo no fue menos excitante: después de un matrimonio de treinta años estabas separado de Gabriela Martínez Vara. ¡Treinta años, qué barbaridad! Lo que para mucha gente es toda una vida, y lo peor o lo mejor, según desde dónde se vea, una vida feliz que tocaba a su fin, en la que habías procreado a esos dos hijas, Adalgisa y Milena, a quienes tanto querías; pero de repente te percataste de que aquella relación de pareja había derivado en una cálida amistad a la que le faltaba emoción, todo lo contrario a lo que vivías profesionalmente. No digo que tuvieras razón, no estoy tratando, como se dice, de dorarte la píldora, sino de describir tu situación sentimental. El caso es que, tal vez influido por el hambre de reconocimiento con que te conducías en la Universidad, diste por finalizado aquel largo matrimonio y te sentiste libre para emprender un nuevo camino. Claro que no fue un rompimiento fácil, pero al cabo de varios meses sentiste que habías sorteado el dolor y las culpas que te dejó la ruptura, que Gabriela también los había superado y habían establecido una relación al menos amistosa, y retomaste tus amores con Anna Fante, una mujer que te había robado el aliento desde el momento en que la conociste.

Para el momento de la publicación de tus libros, Anna y tú habían estado juntos (aunque nunca vivieron en la misma casa) los cuatro años que llevabas trabajando en la UNAM, enfrentando tropiezos, reconciliaciones plenas de entusiasmo y renovadas promesas de compromiso. Como Javier te recordó, era algo que a ellos, tus colaboradores, les llamaba la atención, no entendían ese continuo ir y venir de su relación, que tan pronto te procuraba sosiego como te sumía en lo que se podría llamar *estados alterados de conciencia*. No dudo que a Anna le debe haber pasado igual, pero nadie se daba cuenta, pues cuando te acompañaba a algún acto era imposible saber de qué humor estaría. Javier se acordó de una noche en la cantina La Covadonga a la que fueron después de la presentación de un libro; tú habías llegado temprano para tener varias entrevistas sobre los planes que tenían en la Coordinación; después llegó Anna, le contaste cómo había ido el evento, se rieron, y comentaste algo sobre una chica que te había entrevistado que a ella le disgustó. Su enojo fue tan notable como el desconcierto en que te sumiste: Anna huyó mientras la perseguías para explicarle que no tenía razón para encelarse. Es la imagen que tus compañeros tenían de su relación: una mujer herida que huye por algo que le has hecho, o que cree que le has hecho, que tú te guardabas de aclarar.

El retrato que querías, o podías darle a Javier, empieza y acaba en La Covadonga, preguntándote si era amor lo que te ligaba a Anna, o si era inseguridad o interés o pasión o qué. Lo cierto es que la suya era una relación en que los sentimientos los abatían, esa es la palabra que define cómo los experimentan ambos: *los abatían*. Que se amaban o que algo parecido al amor los ligaba, es tan indudable como que les costaba trabajo entender qué quería uno del otro. Empero, habían decidido casarse, y tú, ingenuamente, creías que con esa boda encarrilarías su convivencia.

Así, el fin del año 2011 te sorprendió con la publicación de tus nuevos libros, el reconocimiento de tu trabajo (el rector ratificó tu nombramiento para que estuvieras con él otros cuatro años) y la inminencia de la boda con la mujer que te apasionaba. ¿Qué más podías pedir?, ¿no era efectivamente el pináculo de tu vida profesional, literaria y sentimental?, ¿qué más daba que te hubieran operado del apéndice si hasta esa amenaza de muerte habías sorteado? No me extraña que sintieras que de esa manera le cumplías a tu papá la demanda de *ser el mejor*.

Tu padre, hay que decirlo, no sólo estaba al tanto de todo aquello, sino que se sentía orgulloso de tu recorrido, llamémoslo *vital*, te animaba en todo lo que hacías en la UNAM, y le tenía un afecto tan particular a Anna que estaba encantado de que se hubieran casado. Sabía, por otro lado, que en febrero de 2012 te habían otorgado el Premio

Nacional de la Crítica por aquellos dos libros que habías publicado, lo que nadie creía que fuera incompatible con tu trabajo, antes al contrario, parecía proyectarte para alcanzar tus muchas ambiciones (la de ser un candidato a un puesto público, por ejemplo), y como tu papá no podía estar más contento, era imposible que sospechara lo que querías decirle la noche que viniste a su casa para contarle *algo personal*.

"Ya no trabajo en la UNAM", le dijiste muy cerca del oído para que no tuvieras que levantar la voz (aunque de cualquier manera tuviste que levantarla), "renuncié hace unos meses". "¿Qué pasó?", te preguntó con alarma. El anuncio debe haberle resultado demencial, ¿qué misterio encerraba esa precipitada declaración?, ¿dónde había quedado la cordura? Antes de responder notaste que se ponía en guardia, y que a pesar de que podría decirse que estaba un tanto discapacitado, hizo un esfuerzo y volvió a ser el hombre de siempre, atento, firme, generoso. "Después de que me dieron el Premio de la Crítica", agregaste, contento de ver el gesto que parecía devolverte tu padre desde la remota infancia, "se desató una ola de ataques en mi contra que no supe cómo controlar".

Él adquirió aspecto grave y tú empezaste a tartamudear.

Al día siguiente de que se dio a conocer el premio, le dijiste tratando de hacer un resumen de los hechos, en la versión electrónica de la revista *Letras Libres* apareció un artículo de un crítico quien firmaba sólo con sus apellidos, Ruiz Elfego, titulado "Un premio sin razón de ser", en el que se lamentaba de que hubieran premiado a un escritor que, según creía haber demostrado, plagió en al menos tres ocasiones, y remitía a un artículo suyo, publicado por primera vez cinco años antes, en que señalaba que en algunos textos aparecidos en el periódico *Reforma*, y en uno o dos números de *La Revista de la Universidad*, habías copiado párrafos de otras fuentes sin citarlas, sin entrecomillarlos, con lo que a sus ojos se constituía el delito de plagio, un delito mayor para quienes escribían, más aún si trabajaban en la UNAM. De inmediato, otro escritor de la misma revista, el venerado Rafael Seide, escribió que con esos antecedentes no eras digno de recibir el Premio de la Crítica, cuyo lema era *de críticos para creadores*, ¿cómo se iba a premiar, se preguntaba Seide, a quien se encontró culpable de plagiar a otros escritores? No importaba que tus artículos no tuvieran que ver con el premio, simplemente eras indigno de ese y de cualquier otro premio, más aún de presidir la Coordinación General de Publicaciones. Seide te acusaba, incluso, de manejar un presupuesto millonario, aunque no decía que hubiera malos manejos en tu gestión, sólo citaba la cantidad presupuestada como si ésta, por sí misma, te hiciera culpable de algo. *Letras Libres* era, junto con *Nexos*, la revista más prestigiada del medio cultural, heredera de *Vuelta*, fundada por Octavio Paz, que entonces era dirigida por Enrique Krauze, quien a partir de la edición electrónica había dejado crecer la nómina del resentimiento, como muchos llamaban a los blogs en que cada colaborador publicaba sus artículos, aparentemente sin ningún filtro editorial. En esa circunstancia, déjame decirte, estabas más que perdido, pues iba a ser muy difícil que combatieras las acusaciones de esos expertos de la ira.

Como si fuera poco, un día o dos más tarde, un articulista del *Reforma*, Jesús, "Chucho" Márquez, atacó al rector Narro, tachándolo de inmoral por proteger a un plagiario y no pedirle la renuncia. "La prueba de mi falta eran cuatro, cinco o seis artículos", le dijiste a tu padre, "en los que había unos cuantos párrafos copiados a los que no puse comillas". Entre ellos no se encontraba ninguna idea original sino información banal, no eran textos académicos sino de entretenimiento.[8] Ruiz Elfego, sin embargo, insistía en que las frases de ese y otros textos que citaba, eran idénticas a las de otros artículos, y de eso se agarraron otros detractores para atacarte. Tú estabas al tanto de aquellas acusaciones (repito: fueron hechas cinco años atrás), pero siempre te pareció que tu falta no era grave: sí, habías copiado textos de varias páginas —Wikipedia, Taringa, Buenastareas, entre otras— que no eran precisamente autores; era cierto que podrías haberlos entrecomillado, pero, ¿a qué autor le hubieras dado el crédito?, ¿no resultaba un exceso en un artículo que no tenía carácter académico, como tú decías, hacer una llamada a pie de página? Fuera de Villán Zapatero, y la información general que se daba en algún artículo periodístico, tú creías que la acusación no daba para decir que habías plagiado a *otros* autores y hacer tal bulla. Lo mismo había sucedido en multitud de ocasiones a otros escritores, nadie había hecho el menor escándalo, y como dijo Guadalupe Loaeza en un artículo que apareció en esos días, el *copy-paste* era común en muchos articulistas, cualquiera sabía que era un error insulso, pues no robabas ninguna idea original sino reproducías palabras un tanto casuales, pero la manera en que Elfego había repetido sus acusaciones en su blog era

---

[8] Aunque tu afirmación no es falsa, Ruiz Elfego tiene el tino de señalar un artículo de Javier Villán Zapatero del que habías copiado dos o tres párrafos completos, que no era lo que le decías a tu padre. Lo único que te salvaba del delito que Elfego te achacaba era que le habías escrito a Villán disculpándote por tu descuido, y él te contestó una carta muy amigable en donde decía que era evidente que se te había olvidado poner las comillas y consideraba que ambos artículos tenían una intención distinta, y que para nada creía que lo hubieras plagiado.

como si demostrara que habías firmado textos completos de otros escritores, como en efecto había hecho el novelista peruano Alfredo Bryce Echenique.[9] "Con esas acusaciones", le dijiste a tu papá, "se levantó un vendaval en las redes sociales pidiendo que me quitaran el premio y renunciara a la UNAM". Sí, claro que trataste de defenderte, agregaste, pero, además de lo espinoso del asunto, tu reacción tuvo lugar muy tarde, hacía tiempo que tus enemigos te seguían la huella, y aprovecharon la coyuntura de la concesión del premio para redoblar sus ataques y hundirte en la ignominia.

Tendrías que reconocer que tu ingenuidad había sido inconcebible pero no encontrabas la forma de hacerle comprender a tu padre que estabas metido hasta el cuello en ese problema en buena parte por tu culpa, o mejor, por la combinación de la mala leche de tus enemigos y tu prepotencia teñida con esa ingenuidad. Cuando el ataque llevaba varios días, por ejemplo, Anna organizó en casa una reunión con uno de sus profesores de la universidad, quien era experto en crisis. "Vas un poco tarde", te dijo el maestro, "has dejado correr demasiado el problema". Tú pensabas que no era *demasiado* tarde y todo se debía a un asunto de rivalidades

---

[9] Asunto por el que Bryce fue a juicio, se le encontró culpable, y tuvo que pagar una cantidad considerable, lo que ni de lejos era tu caso, en el que nunca hubo acusación legal alguna, y mucho menos un juicio. A pesar de ello, tengo que adelantar, al año siguiente se le concedió a Bryce el Premio FIL Guadalajara, y uno de los jurados arguyó que se le concedía por el conjunto de su obra narrativa y no por sus artículos periodísticos, argumento que te hubiera exculpado perfectamente de las acusaciones que te hizo Ruiz Elfego, cuando menos para que no se te inhabilitara como coordinador, ni dijera que no eras merecedor del Premio de la Crítica, pues tus novelas, como las de Bryce, nada tenían que ver con los artículos en cuestión.

literarias que no iba a pasar a mayores. "¿Hay más artículos por los que te pueden acusar?", te preguntó aquel hombre. "No creo", respondiste con ambigüedad, cuando estabas seguro de que los había, tú mismo habías explicado, cuando se publicó el primer artículo de Ruiz Elfego, que la acusación en realidad iba dirigida a tu forma de trabajar, inspirada en un ayudante de tu padre, Alfonso Segura, a quien apodaban *Ponchete*. Aquel muchacho no sabía dibujar pero tenía un gran sentido de la composición y una prodigiosa memoria, cuando le daban el argumento dividía los cartones en cuadros, y se metía al cuarto del proyectoscopio, una máquina que gracias a un juego de espejos proyectaba sobre el cartón dibujos que se habían introducido en la parte de arriba, y el cañón se ajustaba para dar con el tamaño que requería cada dibujo. Ponchete era experto en escoger sus modelos, y a partir del dibujo de otros bocetaba sus cartones, los cuales completaba con el fondo y otras figuras que también había dibujado por el mismo método. Al final tenía un cartón dibujado por él, que nada tenía que ver con los fragmentos que había *proyectoscopiado* (tecnicismo muy utilizado entre los historietistas de los cincuenta). Su método era una suerte de palimpsesto donde él componía el manuscrito original a partir de fragmentos tomados de aquí y allá. Claro que Ponchete no tenía idea del sofisticado nombre que podía tener su proceso, pero le hubiera encantado que le dijeran que lo suyo era un *palimpsesto*.[10]

---

[10] En un artículo que escribieron pocas semanas después, *Del plagio como una de las bellas artes*, Vivian Abenshushan y Luigi Amara recuerdan que Xavier Villaurrutia, luminaria de la generación de *Los Contemporáneos*, fue acusado de plagio, y citan que los primeros versos de *Nocturno de la estatua* están tomados del poema *Saisir*, de Jules de Supervielle, aunque después el poema toma su propio curso, o

Nunca negaste que tú, como el tal Ponchete, te serviste muchas veces de frases que habías leído para iniciar tus artículos, y como le dijiste a tu padre, eran pretextos, pies quebrados, sugerencias, no pasaban de ahí; las dejabas tal cual pero al cabo las rodeabas con las ideas que querías desarrollar, y el resultado final era tan diferente como original. En alguna ocasión te serviste de dos o tres líneas, tan bien expresadas, que las tomabas *prestadas* tal cual para completar tus propios conceptos; otras veces las copias se referían a asuntos de conocimiento general, definiciones sin más; es cierto, en cualquiera de esos casos podrías haber entrecomillado esas frases y poner la cita a pie de página, pero te parecía improcedente para la lectura sabatina de esos artículos: el resultado iba a ser, como decía el poeta Eliseo Diego, un telefonazo en medio de una noche de amor. No era, como aseguraste, un asunto grave. Sí, ese era tú estilo, y bien podría haber otras acusaciones de plagio a pesar de que hubieras dicho *no creo* al maestro de Anna que pretendía ayudarte, lo que por otro lado era muestra de la candidez con que enfrentabas la situación. Hablarle de palimpsesto

---

sea, que Villaurrutia parte de otro poema para crear su propio poema. Octavio Paz exculpó a Villaurrutia, pues aunque el principio de ambos poemas era *innegablemente* parecido, el del poeta mexicano termina siendo *innegablemente* original. Citan además un texto de Jonathan Lethem, *Contra la originalidad*, en que se habla de famosos plagios (la *Lolita* de Nabokov, por ejemplo). Lo verdaderamente original del artículo de Lethem es que está hecho (según Abenshushan y Amara) con la técnica del *copy-paste*, que era el delito que se te imputaba, pues "calca no uno ni dos párrafos ajenos, sino ¡todos! Un alarde técnico y quién sabe si de genio". Lethem y Ponchete, por lo que dicen estos críticos, utilizaban el mismo método creativo que pretendías llamar *palimpsesto*.

hubiera sido ridículo aunque pensaras en Ponchete mientras escuchabas sus razones. "¿Crees que te pueda costar el puesto?", te preguntó de nuevo aquel profesor. Tu respuesta te pinta de pies a cabeza: "De ninguna manera", dijiste con una sonrisa, "no es un asunto universitario".

Un enorme mazazo se cernía sobre tu cabeza y eras incapaz de verlo. Te aferrabas a la idea de que en general tus artículos eran bien leídos, pues llevabas varios años publicando en el periódico *Reforma*, y era frecuente que recibieras notas en que alguien te comentaba que le había conmovido la descripción que hiciste de algún lugar que ya no existía, o que alguno de tus recuerdos coincidía con los de él o ella y les resultaba divertido; aún más: algunas de tus frases aparecían en diversos mensajes en las redes. Anna misma —que como decía, seguía tu huella— frecuentemente te contaba que habías sido citado aquí y allá. No digo que fueras el articulista más leído del periódico, pero sí que tenías lectores y todos lo sabían. ¿Qué pasaba entonces?, ¿por qué ese vuelco en la opinión pública?, ¿cuál era tu verdad, cuál la del lector común y cuál la de tus detractores? Repasando tu historia me quedo atónito y pienso en el dios Jano, esa deidad del panteón romano de doble cara o rostro disímbolo. Déjame recordarte que Jano es el dios de las transiciones, de los pasadizos secretos, y eso es lo que tú estabas viviendo, el recorrido de la fama a la derrota, del amor de tus lectores al odio de tus críticos, los primeros podían ser tal vez más que los segundos, pero estos habían tomado la batuta de tu propio acontecer. ¿Quién resultabas ser a final de cuentas?, ¿un ser que visto con cierta perspectiva era divertido y agradable de leer, o ese escritor que al apoderarse del dicho de otros quería dar el gatazo del hombre simpático que escribía artículos sabatinos? Creo, querido Sergi, que eras ambos. Debe ser doloroso, pero llevabas mucho tiempo navegando entre dos aguas, mostrando las dos caras de Jano, y no te diste cuenta del lugar exacto en que te habías colocado, y del que muy pronto ibas a saber las consecuencias.

Al día siguiente el rector te pidió la renuncia aunque aceptó un acuerdo de compromiso: te separaba de tu cargo mientras se aclaraban los plagios. Al salir de esa reunión, como si estuviera enterada de lo que había sucedido, te llamó la asistente de la periodista Carmen Arreguín para decirte que podías defenderte, al día siguiente, en su programa de radio. Esa fue la fórmula que usó, *ahí podías defenderte*, con lo que se inició el ascenso a tu calvario. Tú creías que Carmen era tu amiga, habían tenido muchos encuentros a lo largo de la vida, y te pareció una invitación que te permitiría regresar a la Coordinación después de aclarar lo que con un candor desconcertante llamabas *malentendidos*.

En menos de veinticuatro horas habías llevado a cabo tres actos, fíjate bien, tres, en que rebozabas candidez: no aceptar que habías cometido más errores, creer que el asunto de los plagios no era para tanto, y aceptar la invitación de la Arreguín. A la luz de lo sucedido, calificar tu conducta de simplemente inocente suena a piropo.

—Era pura vanidad —le dijiste a Javier recordando la entrevista—, la increíble y peligrosa vanidad de quien cree que las tiene todas consigo.

Tengo ahora la sensación de que, mientras contabas aquello, pretendías apresar algo de ti mismo, algo que rondaba por tu cabeza desde la noche que hablaste con tu padre de esto mismo, e ibas de la ingenuidad a la vanidad tratando de encontrar los pasadizos secretos de tu personalidad. Seguro te acordaste de la primera vez que viste a Javier Rodríguez en las oficinas de la *Revista de la Universidad*, con aquella jovialidad con la que entraste a la oficina de tu mujer, Gabriela Martínez Vara. Esta noche, después de veinte o cerca de treinta años, tenías el rostro descompuesto, las arrugas se te habían acentuado, se te empezaba a caer el cabello y la cola de caballo cayendo sobre la nuca era un fantasma de tu juventud. Es posible que si acaso conservaras el aire *naive* del que hacías ostentación entonces —esa mezcla de espontaneidad y artificio que te esforzabas en mostrar— tu mirada se hubiera convertido en un collage en que aparecían los ojos de aquel tipo confiado, dentro de los del hombre atribulado por la derrota que se mantenía aferrado al sillón de su padre; tu rostro debía parecer un cuadro cubista que revolvía el pasado y el presente, la mirada del editor exitoso oculta tras la del funcionario expulsado de la Coordinación, la del chico ingenuo en la del hombre vanidoso que pensó que Carmen Arreguín iba a defenderlo: el hombre que Rodríguez tenía enfrente ostentaba, simultáneamente, el recuerdo de sus glorias y el resto de sus miserias, ambas mezcladas en este collage acrónico que parecía ser lo único que quedaba de ti después de la muerte de tu papá.

—Creí que Carmen era mi amiga —dijiste de nuevo—, como si en mi situación, con lo que me había pasado, ella pensara en amistar conmigo.

Antes de iniciar la entrevista quedó claro que, más que para defenderte, la Arreguín te invitó para echarte encima la losa de tu culpa, pues anunció que estabas en su programa para dar cuenta de los plagios que habías cometido (o una frase similar, igual de contundente y comprometedora). Hizo un resumen de las acusaciones de Ruiz Elfego y leyó las frases que habías plagiado: "En este texto se dice esto, y en las de él se lee lo mismo. ¿Es o no es un plagio?". La sentencia encubierta en una pregunta. La entrevista empezó, así, en el instante en que Carmen te hizo responsable del delito que Ruiz Elfego te imputaba. ¿De qué podías ya defenderte? Cuando tomaste el micrófono la miraste a los ojos e intuiste que te habías equivocado al aceptar su invitación, pero en vez de levantarte decidiste seguir con tu plan. Primero que nada te disculpaste, pediste perdón, dijiste que no habías querido ofender a nadie, y trataste de explicar que llamar plagio a tus copias era una exageración, no es que lo negaras, al contrario, lo aceptabas, pero en conjunto tus artículos seguían siendo ideas tuyas y contenían opiniones propias, sólo habías copiado conceptos sacados de otros textos que apuntalaban los tuyos o daban información inocua, y nunca creíste que modificarlos, que hacer una paráfrasis, digamos, o entrecomillarlos fuera necesario. Todavía creías que si demostrabas que habías escrito tus artículos con honestidad la gente creería que eras honesto. Déjame decirte que tu error —tu error garrafal— fue creer que todo se reducía a una cuestión de argumentar, de aclarar el malentendido, pero Carmen no te dejaba terminar, te acribillaba con preguntas, intentaba cercarte, conseguir que tus argumentos quedaran truncos entre sus cuestionamientos, y en un momento te desesperaste y levantaste la voz: "¡Déjame hablar!". Ella calló pero el daño estaba hecho. Anna te había aconsejado antes de la entrevista que fueras prudente, pero, con esa exclamación no lo habías sido, porque finalmente, pensaste, había cosas más importantes que la prudencia. Un rastro de vanidad seguía diciéndote que no le habías faltado a nadie. Lo más sensato hubiera sido que te callaras, te lo digo sinceramente. En cambio, observaste el rostro de Carmen Arreguín y te pareció increíble que fuera la misma persona con la que habías tratado toda la vida, la mujer a quien le pediste cuando salió de W Radio —la habían corrido, para ser precisos— que condujera el programa de TVUNAM en que las autoridades universitarias pretendían recoger las opiniones de los protagonistas de la Reforma Energética propuesta por el Partido Acción Nacional, que por entonces acababa de ganar las elecciones para su segundo sexenio en el gobierno; así, creíste tú, matabas dos pájaros de un tiro: tenías a quien considerabas la mejor conductora, y le dabas a Carmen el apoyo de una institución como la Universidad, lo que en su situación no era poca cosa. Pero para tu sorpresa quien te entrevistaba no era la mujer a quien entonces habías contratado. ¿A qué venía tanta sed de humillarte?, ¿por qué tanto coraje? Fuiste a su programa para defenderte, con la idea de que podías *discutir* tu situación, pero acabaste derrotado. Te habían tirado encima una losa.

De regreso, en tu auto, recibiste una llamada del doctor Narro. Era mejor que renunciaras, te dijo, seguir con la farsa de que podías aclarar los plagios les estaba haciendo más daño; te iba a proteger, agregó, pero de otra forma, y te pidió que lo buscaras al día siguiente. Estabas destruido, con un miedo que te calaba los huesos pues la situación se te había ido de las manos y váyase a saber qué más iba a suceder. Encendiste la radio: empezaba el noticiero de Jenaro Albarrán, quien estaba echando cemento sobre la losa que acababan de tirarte encima: "Ya llegó, ya llegó, Soler el plagiador", cantaba Jenaro al ritmo de *Sergio el bailador*. El caso que la noche anterior no era para tanto, que se debía a una rivalidad literaria y nada más, ahora era motivo de escarnio. Te habías convertido en pieza de caza.

Para colmo, después de la entrevista, probablemente a causa de las insinuaciones de la Arreguín, empezó a correr la versión de que los libros por los que habías sido premiado también eran plagiados, y sin prueba adicional, los tuiteros elevaron el tono de la acusación, te imputaron más falsedades y te hicieron responsable de supuestos plagios que habían cometido otros escritores (que tú habías publicado), hicieron escarnio de tu vida de editor, y todo fue a peor hasta terminar en un auténtico linchamiento público, en que la renuncia a la UNAM no era suficiente, sino había que quitarte el premio que recién te habían concedido. Era un espectáculo siniestro ver como se sumaban tuits diariamente para acusarte de mil delitos que sólo existían en la mente de aquellos seres que, en su gran mayoría, permanecían escondidos detrás de nombres inventados. Las redes sociales habían creado un ser nuevo, el acusador anónimo, un Torquemada sin rostro, cobijado tras un seudónimo, un ente voraz que sólo estaba interesado en destruir y se regocijaba en el lenguaje del resentimiento. En aquella multitud de mensajes en ciento cuarenta caracteres no había crítica, sólo desprecio de gente que había encontrado la forma de desfogar su encono a través de tuits sin firma.

Quedaba en el aire de la ignominia una duda: ¿alguien podría haber contratado a una empresa, de las muchas que empezaban a surgir, para que usando los llamados *bots* produjeran esos textos inefables?[11]

---

[11] Por entonces apenas se conocía la función de estos *bots*, pero según leo en un artículo de *El País*, Twitter detecta en torno a 3.3 millones de cuentas sospechosas a la semana, y algunos cálculos señalan que habría 50 millones de *bots*, que se usan para influir en las decisiones colectivas y que pueden modificar, incluso, los procesos electorales (*El País*, sábado 2 de diciembre de 2017). Este asunto quedó demostrado cuando se supo que *Cambridge Analytica*, una empresa inglesa, se sirvió de datos confidenciales de usuarios de *Facebook* para influir en el triunfo de Donald Trump. En cualquier caso,

Tú, sin embargo, seguías pensando que algo podía salvarse todavía. Días antes habías hablado con el presidente de la Sociedad Alfonsina, responsable de entregar el Premio Nacional de la Crítica, para saber qué pensaba de este asunto. "No te pueden quitar el premio", te había dicho por teléfono, "la decisión del jurado es inapelable, en el pasado se lo dimos a un tipo que estaba en la cárcel confeso de asesinato, y en otra ocasión, a uno que había hecho un enorme desfalco al fisco. El premio se otorga por los méritos de las obras y no por la calidad moral del autor, haya hecho lo que haya hecho". Con ese argumento, cuando no tuviste más que renunciar a la UNAM, le dijiste al rector que no ibas a renunciar al premio, no creías que los tuits en tu contra fueran reales sino manipulados, y no le darías gusto a quienes querían destruirte.

—En algún momento pensé que no me convenía aceptar el premio por mi puesto en la UNAM—, le dijiste a Javier como si esa explicación se te encajara en el corazón—. La gente podía sospechar algo turbio, pero la vida universitaria no está reñida con el reconocimiento, a muchos rectores o directores de institutos se les había concedido doctorados honoris causa y nadie sospecha de ellos. No veía por qué debía rechazar un reconocimiento que creía merecer.

Fue una torpeza más, pero tu conducta era una cadena de torpezas. No te dabas cuenta de que atrás del premio estaba el entramado maldito del reconocimiento, del que acababas de hablar en relación a tu padre: haberlo conseguido no significaba que hubieras escrito algo sobresaliente, sino que eras *reconocido*, y era eso lo que buscabas con ansia,

---

si tu sospecha era cierta, tu caso fue uno de los primeros en el ámbito nacional del uso malversado de las redes.

recibir el reconocimiento de tus pares, aunque el público, los tuiteros y una banda que surgió en las redes pidiendo firmas para que te quitaran ese premio no lo quisiera. No puedo más que repetir la expresión que ya habías usado: *reconocimiento, palabra maldita donde las haya.*

No resisto a hacer una consideración: tú pensabas que *merecías* ese premio, o que habías hecho los méritos para merecer ese premio, y es posible que así fuera, pero nunca te percataste de que el pensamiento que avala esa conclusión —*me merezco esto*— atrae una maldición sobre quien lo expresa para malograr su deseo, de tal manera que el objeto anhelado, eso que tú decías merecer, se alejaba en relación proporcional a tu posible merecimiento. Te propongo una fórmula que podría ser calificada de ley o regla emocional: nuestra conducta, quizá nuestro pensamiento, genera energías contrarias que se salen de nuestro control cuando deseamos algo, y así como Ingmar Bergman dice en su autobiografía que el temor realiza lo temido, la demanda por obtener lo que merecemos da al traste con nuestra demanda.[12] Lo sucedido con tu premio parece demostrarlo, pues dijeras lo que dijeras, tuvieran o no tus libros los méritos suficientes, te habían despojado de él con la misma fuerza con que decías merecerlo. "Nada de esto es justo", habías argumentado frente al rector, "el jurado ha considerado que mis libros merecen este premio, tú mismo lo piensas y por

---

[12] En 1987 Ingmar Bergman publicó sus memorias bajo el título de *Linterna mágica*; es un texto tan enigmático y fascinante como sus películas, donde explica que el miedo que sienten muchos de sus personajes funciona como un imán: pretende alejar el objeto que crea su incomprensible temor, pero en realidad, sólo lo atrae.

eso ibas a presentarlos, ¿te acuerdas? Pero alguien trata de perjudicarme, alguien, no sé quién, y no le voy a dar gusto".

En cualquier caso, fuera quien fuera, él, ella, ellos, la persecución que emprendieron contra ti —hipócrita, oculta— tenía el propósito de *demeritarte*. Llamo tu atención sobre algo que me resulta curioso: lo que tú creías haber merecido con tu obra y tus actos se había convertido en el combustible que recargaba el odio de tus perseguidores.

Si tu caso era como lo había descrito el presidente de la Sociedad Alfonsina, pensabas que esos ocultos hostigadores no lograrían quitarte el Premio de la Crítica, y de ahí tu resistencia. Sin embargo, al día siguiente o el anterior, para el caso da lo mismo, de que te presentaras con Carmen Arreguín, el doctor Narro te pidió que fueras a su oficina pues tenía otra noticia que darte y era mejor que tomaras cartas en el asunto. "Creo que vas a tener que renunciar también al premio", te dijo después de saludarte, "están presionando a la Sociedad Alfonsina. Es mejor que hables con su presidente". En esos días el rector había estado cerca de ti, lo viste sufrir con lo que te sucedía, preocuparse por tu futuro, y en muchos momentos lo sentiste tan incapaz como tú para enfrentar a ese enemigo que permanecía en el anonimato. El doctor Narro es un hombre íntegro, de buen carácter, que había hecho todo para llegar a ser rector, y no te pasaba desapercibido que el ataque contra ti también era en su contra, que de alguna manera minaba su autoridad universitaria. Su solidaridad, sin embargo, no pendía de ello, y estaba consternado por la desmesura del ataque. Tenía un rostro curtido de arrugas y había perdido el pelo desde muy joven, y ahí, esa tarde que te daba esa noticia, el dolor permeaba su mirada firme, cristalina. Hubieras querido hacer algo que eliminara la tensión, pero no sabías qué. "No entiendo, rector", dijiste. "Ya habíamos hablado de este asunto". "Lo sé, pero surgieron nuevos problemas", respondió Narro, "no te van a dejar en paz, gratuitos o no, con razón o sin ella, tienes enemigos poderosos".

Llamaste a la Sociedad y su presidente te advirtió que el jurado iba a reunirse para quitarte el premio. "El acta está firmada", replicaste, "¿cómo me lo van a quitar?, ¿van a decir que, porque me acusan de plagio en unos artículos, mis libros, por los que me dieron el premio, no son buenos? Tú mismo me dijiste que su decisión era inapelable, ¿qué pasó?". La respuesta fue lacónica: "Es más digno que renuncies a que te despojen, las instituciones que otorgan el premio están nerviosas, hablan incluso de que hay dinero público involucrado, y tu acusación es pública". ¿Era posible que un jurado de ese nivel —Silvia Molina, Ernesto de la Peña, Ignacio Solares y el mismo presidente de la Sociedad Alfonsina— se dejara presionar por la opinión pública?, ¿alguien les había hablado para decirles que tenían que revocar su decisión o lo hicieron por iniciativa propia? "Voy a hablar con mi mujer", comentaste, sintiéndote tan desconcertado como inutilizado ante el poder, "y te aviso lo que decida".

El rector y tú se miraron como preguntándose quién presionaba al jurado para que cambiara su decisión o qué instituciones estaban nerviosas. ¿No tenía la presidenta de Conaculta la responsabilidad de conservar la independencia del jurado?[13] "Tú sabes, querido Pepe", preguntaste, "quién

_____

[13] Eso, precisamente, fue lo que hizo Consuelo Sáizar, la susodicha presidenta, cuando al año siguiente le dieron el premio a Bryce Echenique, quien en peores condiciones que las tuyas estaba acusado de plagio; ella, sin embargo, exigió que se respetara la decisión del jurado y se enviara un cheque a Perú por la totalidad del premio,

85

está detrás, ¿verdad?". "Me imagino", te contestó, "el mismo presidente de la Sociedad lo insinuó". La larga sombra que te había perseguido escondida en el anonimato, apenas insinuada en el rostro de personajes inocuos de tu juventud o de tiranos que querían destruirte; la sombra que tantas veces había sido tu contrincante en el prolongado juego de ajedrez de tu vida, ahora se había hecho de nombre, apellido, y la cara nada agradable de alguien muy común y corriente.

"Al final me vi obligado a renunciar tanto a la Universidad como al premio", le dijiste a tu papá, guardando, o tratando de guardar la compostura, sin ahondar en quién estaba atrás de las acusaciones. Él te observaba conmovido, aquel hecho tan doloroso le había devuelto la lucidez, y tú veías atónito su gesto descompuesto y la impotencia que lo embargaba ante lo que le estabas narrando. En esos gestos habías encontrado consuelo en muchas ocasiones, pero ahora sentías que el tamaño de la conjura había llegado a su rostro avejentado para insertarse en su alma, y no podía decirte nada. Me pregunto hasta dónde estabas consciente del sentido de la conversación, tu padre escuchaba todo lo que decías, era evidente que lo encajaba con dolor, pero también que tú dosificabas la información, que mientras desvelabas unas cosas escondías otras, o mejor, las suavizabas ¿Era así, o es una interpretación gratuita de mi parte? No creo que en ese momento hayas reparado en que, como le dijiste a tu papá, te acusaron de plagiar las ideas de *otros*, personas que como ya dije no existían, que sólo eran páginas digitales, y le echaste la culpa a la ingenuidad con que

---

alrededor de 100,000 dólares, para que Bryce no tuviera que enfrentar a los periodistas que objetaban la concesión del Premio FIL.

intentaste defenderte, pero te engañabas, o intentabas engañar a tu padre, y te voy a decir por qué: porque te sentías culpable, o mejor, porque te sabías culpable. A mí no me puedes venir con el cuento de que eran copias intrascendentes, o aun, como dijiste alguna vez, que la información que según tu detractor dijo que copiaste apareció primero en tus artículos y después en esas páginas (lo que en algunos casos era cierto); pudiste en efecto habérselo dicho a Anna y a su maestro, pero entre nosotros no puede haber engaño. Te lo voy a decir sin rodeos: eras culpable porque no tuviste el valor para decir las cosas a tu modo, porque te escondiste en palabras ajenas pretextando que era la mejor manera de decirlo y no tenía caso buscar una solución mejor. ¿Qué más daba que tuvieras lectores, que te citaran en las redes y que eso te hiciera sentir muy bien? Nada, fíjate: nada, ojalá y ahora te des cuenta; era una muestra del reconocimiento que buscabas, y nada más: *nada más*. Pero sobre todo, quiero que te percates de ello, porque fuiste frívolo en la manera de escribir tus artículos; era eso, en el fondo, de lo que te acusaba Ruiz Elfego: de ser frívolo, de no tener rigor, aunque fueran artículos de entretenimiento. Tu responsabilidad frente al delito de plagio estaba en la *intención* con que escribiste tus textos, no en lo que finalmente escribiste, y eso, entre tú yo, no puede ocultarse. No me equivoqué, creo que le di al clavo, y por eso frente a tu padre te quedaste callado, con la mirada fija en su rostro, ese rostro varonil por el que muchas mujeres decían que era un hombre irresistible, con cierto aire moruno, que negaba o contradecía su ascendencia catalana. Dime, no te encierres en ti mismo: ¿qué te decían su cara, sus gestos, sus pupilas debilitadas?, ¿no crees que percibía lo que intentabas ocultarle?

Cinco

Tuviste la impresión, o quisiste pensar que mientras te escuchaba, tu papá quería explicarse algo de sí mismo. Tal vez el relato que acababas de hacer le recordó su historia, que ciertos detalles le resultaron paralelos y le trajeron a la mente lo sucedido treinta y cinco años antes, cuando, después de rechazar la invitación para trabajar en Los Ángeles, inició su propio negocio, Súper Ediciones S. A., una empresa en la que se asoció con un supuesto primo, Gregorio Flores Puig, quien tenía fama de buen comerciante. Si tu padre era mal administrador y el dinero se le iba entre los dedos, pero tenía tan buenas ideas, la solución estaba a ojos vista: asociarse con quien tuviera la capacidad de la que él carecía. Nadie tiene muy claro por qué inició esa empresa, si fue idea de Gregorio o de tu papá, pero el caso es que de repente sintió que nunca se había atrevido a crear los personajes que poblaban sus sueños, sus tarzanes, sus héroes galácticos, algún súper héroe nacido en México, y una posible historieta humorística que llevara al cómic los mejores gags de las comedias mexicanas, ¿no era cierto que Cantinflas, Resortes, Tin Tan, eran los exponentes de la idiosincrasia nacional?, ¿no era cierto que el humor salvaba a los mexicanos en las peores circunstancias?, ¿para qué necesitaba a los gringos si su primo le ofrecía la oportunidad de desarrollar su ingenio y demostrar, aquí, entre los suyos, frente a su familia, que era el mejor, el más ingenioso, para no hablar de sus magistrales dibujos? Todo empezó bien, con la experiencia que le había dejado el periódico convocó a un grupo de dibujantes, delineó la trama y los personajes de varios títulos, incorporó un par de argumentistas, consiguió un anticipo con un distribuidor, y empezó a publicar sus historietas: *Yamba, El hombre mosca*, y *Viruta y Capulina*, un cómic basado en los humoristas más populares de la televisión, cuyo argumento escribía un joven que llegaría a ser mítico: Roberto Gómez Bolaños, a quien apodaban *Chespirito*.

Era un buen momento para la historieta, la campaña alfabetizadora de principio de los sesenta había creado nuevos lectores, quienes, por falta de recursos, para leer sólo tenían al alcance los cómics que se publicaban en el país. La clase media iba en ascenso y la lectura de historietas, junto con las películas de la llamada época de oro del cine, eran el motor de su incipiente cultura. La gente se inspiraba tanto en *La familia Burrón*, la serie dibujada por Gabriel Vargas, como en los personajes que en la pantalla interpretaban Fernando Soler, doña Sara García y Pedro Infante. Nadie lo decía, pero el avance social, el *milagro mexicano*, tenía en la base no sólo el crecimiento del PIB (un nada despreciable ocho por ciento), sino la creciente cultura nacional, que habían iniciado los muralistas junto a los novelistas de la Revolución, pasando por la generación de los Contemporáneos, y que ahora llegaba hasta los cómics y las películas que retrataban a la pujante clase urbana de la Ciudad de México. No estoy seguro de que tu padre hubiera reflexionado sobre esa situación, pero es evidente que percibía el buen momento del mercado mexicano y, apenas publicadas, sus historietas se empezaron a vender sorprendentemente bien.

Súper Ediciones pudo haber sido una de las mejores editoriales mexicanas, pero al cabo de dos años Gregorio

Flores Puig desapareció dejando un gran desfalco en la empresa, nadie sabía que otro de sus negocios iba mal, y sacó dinero de la editorial para tratar de estabilizarlo. Quizás al principio pensó que sólo tomaba un préstamo, no robaba sino que hacía malabarismos financieros, pero la realidad lo superó y un día, con el agua al cuello y los acreedores pisándole los talones, huyó del país. Nadie supo de su paradero, y tu papá, que creía que se había colocado en el lugar que merecía en la historia de las historietas, tuvo que hacer frente al desaguisado empresarial que le dejó su falso primo. Es probable que haya sido más duro enfrentar aquello que la vergüenza de haber rechazado un trabajo espléndido, Gregorio era más que un familiar, lo consideraba su pariente sin serlo, lo escogió para que fuera tu padrino de primera comunión, puso las manos en el fuego por él, pero al cabo lo traicionó, o no tuvo más que traicionarlo. Como te digo, la azarosa realidad parece regirse por leyes inflexibles que tienen que ver con los deseos de las personas, con sus expectativas o agendas escondidas.

—Algo vi en su rostro que me hizo pensar que estaba recordando aquella historia —le confesaste a Javier con vergüenza—, como si hubiera descubierto las cicatrices que le había dejado en la memoria esa nefasta experiencia.

No estoy seguro de que lo notaras, pero en alguna de estas frases se esconde el secreto de lo que sucedió con tu padre: *Gregorio era más que un familiar… creía que se había colocado en el lugar que merecía en la historia de las historietas.* ¿Te das cuenta? Inició aquel negocio para probarle a su familia, a los orgullosos Solell, que había elegido el camino correcto y podía prescindir de su apoyo, para no hablar de que ser dibujante era una profesión tan buena como la de banquero, el caso de tu abuelo Sergi, o la de ingeniero, como

Jaume, quien se hizo cargo de tu abuela. Tengo además la sensación que tu padre pensaba que, en cierta forma, ser reconocido también significaba redimir al botarate de su padre, tu abuelo Josep, tu abuelo real, el único, no sus hermanos aunque también a ellos los llamaras abuelos. ¿Te dice algo esta frase: *al cabo lo traicionó, o no tuvo más que traicionarlo*?

Tus padres tuvieron entonces que vender la casa para salir de su apuro económico, y fueron a vivir unos meses con tu abuela paterna, hasta que pudieron rentar un departamento en la calle de Heriberto Frías. En el saldo acumulado —con proveedores, clientes, el banco, el fisco—, la salud de tu papá fue el adeudo principal. Paulatinamente empezó a sentirse mal, perdió el apetito, fumaba hasta tres cajetillas diarias de cigarros Delicados, y era frecuente verlo con una mano en la boca del estómago tratando de apaciguar el fuego interno que lo consumía. Tenía un gesto llamativo cuando entraba en una de sus crisis: achinaba los ojos, entreabría la boca y apretaba los dientes mientras se oprimía el vientre, abajo del esternón. Al poco fue inevitable aceptar que estaba grave, alguien le consiguió una ficha en el Instituto Nacional de Nutrición, donde un gastroenterólogo le descubrió dos úlceras, una en la boca del estómago y otra en el duodeno. Hoy el tratamiento de esta enfermedad es sencillo y los pacientes salen adelante en dos, tres semanas cuando más, pero entonces era largo y el pronóstico nunca era halagüeño, pues tenía que contar más con la disciplina del paciente que con la efectividad de los medicamentos. De tal manera que los médicos recomendaron un régimen de tranquilidad, que tu padre no se alterara por nada e hiciera caso omiso de sus problemas; que eliminara de su dieta los irritantes, dejara de fumar y consumiera mucha leche, litros de leche todos los días. Su estado anímico, sus hábitos, su alarmante situación económica, estaban en contra del régimen, pero de no hacerlo moriría. Tu familia entró en pánico, parecía que el mal se materializaba en algo informe que crecía en el estómago de tu padre, algo que, sin que se dieran cuenta, podría estallar: una bomba de tiempo, una carrera contra el destino. Las medidas que se tomaron fueron extremas y demostraron que tu familia era un inmejorable refugio para todos. Cerraron las oficinas de Súper Ediciones, sólo se contrató a algunos empleados por trabajo específico, y trasladaron el laboratorio de negativos del viejo local de la editorial a la casa, pues de ahí en adelante la parte costosa de la edición la harían Mireya y tú bajo la dirección de tu endeble padre.

Como su recuperación requería calma, se evitaron los pleitos, y a cada quien se le pidió que cumpliera con sus labores escolares. Para ti (según pensaste con tu recién inaugurada ingenuidad) era fácil, no había más que estudiar un poco de aritmética, otro tanto de ciencias naturales, y atender las lecciones de todos los días; la gramática, el civismo, la historia, se te daban solas. Por otro lado, sólo tenías que ingeniártelas para conseguir tres pesos semanales, sólo tres pesos, que necesitabas para los camiones de ida y vuelta a casa de tu abuela (donde te entercabas en pasar los fines de semana), y el uno cincuenta que costaba la entrada a la función dominical de cine, llamada *matiné*, tu diversión favorita, a la que ibas semana tras semana con tus amigos de entonces, Gustavo Castillo y Mario Talavera. Resolver ese problemita —haciendo mandados, dando grasa a inquilinos del edifico donde se mudaron, vendiendo los útiles que les pedían en la escuela, y que llevabas de más para atender a quienes se habían olvidado de comprarlos— te dio la sensación de que colaborabas con tu padre para solucionar la emergencia en que vivían.

La situación de peligro y miedo que conlleva la posibilidad de que alguien muera fue, considerando la situación, benigna. Todos recibieron la noticia con un gran susto, tus hermanas lloraron, y Gabriel, tan pequeñito todavía, no supo qué decir, pero tu madre se mostró firme, dando instrucciones precisas. Al principio, tu padre llegó a casa sin saber dónde poner los ojos ni qué decir de su estado. A ti te espantó su mirada y la grabaste en la memoria para reconocer los instantes de peligro, lo seguías a todos lados tratando de saber cómo se sentía, y te llamó la atención que al poco adquiriera una extraña calma, como si sus sentidos se hubieran aletargado. Entre los muchos instantes de esa época, nunca has olvidado que un fin de semana tu abuela te dijo que tu papá se iba a curar. "No es de los que se dejan derrotar", te comentó muy seria, y te contó que cuando él era pequeño alguien dijo que tenía un soplo en el corazón; ella había colaborado en la fundación del Sindicato de la Secretaría de Salubridad, y pidió cita con el doctor Morones Prieto, a quien conocía de las luchas sindicales; la recibió en su consultorio y revisó a tu papá, le hizo un electrocardiograma y diagnosticó que no había tal soplo. "No te preocupes", le dijo a tu abuela, "tu hijo está sano como un roble y vivirá cien años". A la luz de los hechos fue una profecía más que cierta, lo curioso es que tu abuela tomara el diagnóstico tan al pie de la letra, pues fue lo que te dijo aquel fin de semana: "El doctor Morones aseguró que tu papá viviría cien años, así que saldrá de esta".

Acostumbrado a vivir de sus dibujos, tu papá intentó un último salto al vacío para ver si salvaba su editorial: dibujar un libro ilustrado —entonces se llamaba *novela semanal*: un cómic disfrazado de libro, de ciento sesenta páginas, dos cuadros por página, de catorce por veinte centímetros más o menos— que tendría la originalidad de estar impreso en color. La competencia los publicaba en lo que se llamaba *medio tono*, o sea una tinta con difuminados en grises, así que él no dudaba que su novela, perfectamente dibujada y a todo color, iba a arrasar en los kioscos. Por la inversión no había que preocuparse, los negativos los harían en casa, imprimiría en la máquina de un amigo, lo que dejaba al papel y la encuadernación como el único costo.

Para ti aquel proyecto resultó, más que estimulante, definitivo: si de pequeño habías aprendido cómo se mezclaban los colores para obtener nuevas tonalidades, si habías visto en las máquinas de los periódicos en que tu padre trabajó cómo se preparaban las láminas para imprimir los colores primarios, ahora él mismo te enseñó cómo se preparaban los negativos de los que se obtenían aquellas láminas; así, aprendiste que la impresión a color requiere graduar la intensidad de las tintas, que las partes más intensas se imprimían a través de lo que se llamaban *plastas*, pero que para las partes tenues se usan *pantallas*, que a través de pequeños puntos graduaban la cantidad de las tintas. No era, por tanto, sólo mezclar azul y rojo para tener el morado, sino combinar diferentes pantallas y plastas de uno y otro tono para generar la gama de los magenta. A ese proceso se le llamaba *separación de color*. Cuando regresabas de la escuela, tu papá había dejado unas micas con espacios marcados por una línea, que Mireya y tú tenían que cubrir con una solución, de color rojo indio, que llamaban *opaco*. Al combinar esas micas salían los negativos del amarillo, el rojo y el azul, donde iban identificadas las plastas y todas las pantallas.

En una ocasión que te levantaste después de media noche para ir al baño, viste a tu papá sentado en la mesa de trabajo. Estaba tranquilo, revisando las micas que habían rellenado con opaco durante la tarde, tenía un pincel entre los dedos y daba pequeños toques aquí y allá. Vestía un pijama viejo, descolorido y un poco percudido. No quitaba los ojos de su trabajo, como si ahí, en revisar aquellas micas, se encontrara la razón que le quedaba para vivir. Te atrajo su gesto ausente, sus ojos tristes, carentes de brillo. Pensaste que a lo mejor era sonámbulo, como si su alma se hubiera quedado dormida y su cuerpo, por la inercia de la costumbre, se hubiera puesto a trabajar. ¿Era eso lo que le había recomendado el médico?, ¿trabajar sin poner el alma en lo que hacía? Si algo caracterizaba a tu padre era la pasión que ponía en todo, por mínimo que fuera. Había concebido sus historietas como si fueran parte de su biografía, se identificaba con sus héroes, les prestaba su alma a lo largo de los treinta y dos cartones que dibujaba, y sin embargo ahora las úlceras habían mermado esa pasión. Para nadie sería nuevo, pero eras todavía un niño y te percataste de una verdad ominosa: la enfermedad carcome el anhelo de vivir.

A pesar del comportamiento de zombi de tu padre y el temor a que se reventara una de las úlceras, aquel fue un tiempo plácido. Cuando llegabas de la escuela almorzabas con tus hermanos, hacías la tarea, salías un rato a jugar con tus amigos, y a eso de las seis te instalabas en la mesa de trabajo y empezabas a cubrir con *opaco* los espacios que te habían asignado. Aunque parecía que todo iba bien, no estaba claro qué había pasado con su casa, cuál era el nivel de endeudamiento de tus padres, ni la razón de sus continuas idas a la casa de empeño,[14] y sospechabas que las deudas los ahogaban.

———————————

[14] En una ocasión viste a tus padres con una caja donde iba tu tren eléctrico, preguntaste a dónde lo llevaban, y tu papá contestó que

96

La salud de tu papá mejoró cuando estaba finalizado el libro semanal, y un día te invitó a conocer el taller donde lo estaban imprimiendo. Habían transcurrido tan sólo tres años y medio desde el inicio de la editorial, cuatro desde que recibieron la carta de Los Ángeles, pero parecía que había pasado una eternidad, y aquella visita quedaría en tu memoria como la última imagen de la temporada que empezó cuando cursabas segundo de primaria, y finalizaba bien entrando el sexto año. El local debía estar en la colonia Escandón, tienes la impresión de que para llegar cruzaron el recién inaugurado Viaducto Miguel Alemán.[15] El taller te pareció enorme, con grandes espacios vacíos; de un lado estaba la máquina de impresión, una guillotina donde se cortaban los pliegos de la novela (que se iban apilando a un lado, sobre tarimas de madera), y del otro lado había un cancel que dividía el cuarto donde, en tres largas mesas, trabajaban las dobladoras. Volviste la mirada hacia tu papá y te sorprendió que el cuello de la camisa fuera dos o tres tallas más grande: se había curado de la úlcera, pero el espacio entre el pellejo del cuello y el botón de la camisa daban cuenta del vacío que ese tiempo había dejado. Tu padre te tomó de la mano y te enseñó los pliegos impresos, en una cara había ocho páginas y en la otra, las ocho restantes, así que cada pliego contaba con dieciséis páginas; las chicas los tomaban de uno en uno y los iban doblando hasta que quedaban del tamaño final, antes del último corte (llamado *de refinado*), que se hacía cuando

---

a arreglar, lo que te pareció raro pues el trenecito no estaba descompuesto. No dijiste nada, pero sabías que el tren se iba para no volver.

[15] Con el tiempo, todas las veces que por alguna circunstancia has tenido que ir a la colonia Escandón, sientes que sí, que en alguna de sus estrechas calles estaba el local, y sientes un atisbo del escalofrío que te recorrió entonces, a tus once o doce años de edad.

el libro estaba encuadernado. Fue la última enseñanza del negocio editorial que determinaría, años después, el camino que tomaría tu vida profesional.

Fue un poco sorpresivo que vieras a aquellas chicas diligentes, que a toda velocidad tomaban un pliego y lo doblaban con rapidez y destreza, ayudándose de una cuchilla de hueso; hacían todo a ritmo, como ensayando una danza; iban vestidas igual, pero fijaste la mirada en una, más baja que las demás, morena clara, con el cabello cayéndole por los hombros; te gustaron sus caderas redondas, su cintura apretada, y las piernas regordetas que se asomaban bajo la falda; era la primera vez que te inquietaba una mujer, no la belleza de una niña, los ojos de la chamaquita que veías en el camión, digamos, sino sus nalgas.

Tu padre revisó el trabajo, parecía complacido, conversó un momento con el encargado y se fueron. Antes de salir miraste de nuevo el cuello guango de la camisa de tu papá y te volviste hacia las chicas para despedirte de sus movimientos rítmicos; tuviste la impresión de que había caído sobre ellas un velo, que se encontraban tras una capa de neblina o que el lente de tu imaginación las había aletargado; la chica menuda se volvió hacia ti y sonrió; debe haber sido un instante, pero tienes la sensación de que ese momento nunca ha terminado, que ahí, en los ojos de tu memoria, la dobladora te sigue sonriendo. Sí, saliste de ese lugar pero tu alma quedó hipnotizada con esa mezcla de emociones que no puedo sino calificar de sentimental: el placer de escuchar la música de viento que producían las muchachas al moverse sobre el papel, el olor de la tinta que flotaba en el aire del taller, y el dolor que implicaba que tu papá usara camisas de cuello guango.

—Cuando visito aquella época —le comentaste a Javier— me doy cuenta de que la amenaza de muerte de mi padre, el peligro de la quiebra, el dolor generalizado de mi familia, fue suavizándose poco a poco, que hubo algo que trajo aquella tranquilidad, una presencia sutil que al principio no notaba, pero que siempre estuvo flotando en mis pensamientos. Me llevó tiempo descubrirlo, pero al cabo me di cuenta de que mi madre nunca estuvo ausente de aquella realidad atroz, y aunque nadie la percibiera, aunque la enfermedad de papá nos provocara una alarma perpetua, ella había estado siempre ahí, sin ocultarse, sin exhibirse, para que estuviéramos seguros de que la cura acabaría por llegar.

Le contaste entonces una conversación que tuviste con tu mamá después de que, en la ceremonia de clausura del tercer año de primaria (cuando los problemas de la editorial se habían agravado), el profesor Rosado le dijo que estuviste a punto de reprobar el año, pero que tu destreza con las palabras —con la *Lengua Nacional*, según su expresión— te había salvado. Fue el año en que creíste que tu trabajo en la escuela iba bien, que sólo necesitabas esforzarte un poco aquí y allá para salvar los obstáculos, pero según te enterabas en ese momento la realidad fue muy diferente. Habían ido a despedirse del maestro al salón de clase, ese año no recibiste ninguna medalla en la ceremonia de clausura y estabas consternado, pero las palabras del profesor te dejaron frío: estuviste a punto de reprobar el año. Te recuerdas caminando con tu mamá por el pasillo donde estaba el salón de clases, el color verde claro de las paredes era deprimente, el patio que se extendía más allá del balcón, donde tus compañeros empezaban a retirarse, te pareció el campo yermo de la batalla que, sin saberlo, estuviste a punto de perder; tu mamá te apretó la mano y empezó a decir lo que sin duda creía era lo más reconfortante; sus palabras y su voz eran cálidas, firmes, exigentes, calificativos que daban la impresión de ser antagónicos, que no buscaban consentirte sino rescatarte de la desesperación en que te estabas sumiendo. Según la pedagogía que al poco iba a imponerse, tu madre debió decirte que te sintieras orgulloso de tus dones, que si habías demostrado destreza con la gramática, lo que era mucho, a esa capacidad debías confiarte, pues gracias a ello habías salvado el año; quizás era lo que esperabas escuchar en vez de lo que ella dijo: que te ocuparas de aquello en lo que habías fallado y estudiaras con más ahínco aritmética y ciencias naturales; tal vez el otro procedimiento era *más sano*, pero tu madre no podía actuar así, ella misma había empezado a vender joyería para ayudar a resolver la situación financiera de tu padre, no le gustaba nada aquel trabajo, era una señora de su casa, pero no le importó si le gustaba o no, pues su intención era abrir una puerta, una ventana por la que entrara un aire de salvación y, en tu caso, la única forma que conocía era darte fuerza para enfrentar tus dificultades —o tus debilidades— y que no te refugiaras en tus pequeños triunfos.

Por alguna razón esas dos escenas acabaron por juntarse en tu memoria —la de las dobladoras danzando lentamente en el espacio detenido del taller con la de ti mismo caminando por el pasillo de la escuela, pensando que podías haber reprobado y te habías salvado gracias a tus habilidades con el lenguaje—. Veo a las dobladoras nuevamente, y me parece que ese velo que iba cayendo sobre ellas está hecho de palabras, y que tras ellas flotaba el olor de la tinta de impresión. Fue esa sinestesia, ver y oler las letras al mismo tiempo, lo que irremediablemente ha juntado en tu mente estos dos recuerdos.[16]

---

[16] Entre los impresores hay un dicho, *quien huele la tinta de impresión en la infancia no lo olvida jamás*, sin duda tú eres uno de los ejemplos de que la sentencia es más que cierta.

Finalmente tu papá se curó, la novela ilustrada no fue un éxito pero le dio los medios para saldar casi todas las deudas que le dejó Súper Ediciones S. A., uno que otro acreedor siguió visitando su casa durante varios años, alguna vez embargaban la consola, otras la televisión o el coche que habían comprado en un lote de segunda mano, pero las peores desgracias que temieron nunca llegaron, y tu papá pudo regresar a lo que siempre había hecho: dibujar, y al poco lo contrataron como director del suplemento dominical de historietas de un periódico que estaba a punto de aparecer: *El Heraldo de México* (en el que con tanto éxito, también, adaptó al cómic varios clásicos de la literatura universal, *Moby Dick*, entre ellos, donde apareces como asesor literario), con lo que las úlceras que los habían mantenido en vilo quedaron para el recuerdo, terminó la larga etapa de tu infancia y empezó la adolescencia.

En un libro que tituló *Experimentos con la verdad*, Paul Auster reúne pequeñas historias de hechos aparentemente inexplicables, en que la casualidad juega un papel central, pero que al mismo tiempo parece desvelar un cierto orden del azar, como si algo interior —un deseo no comprendido, el miedo, la angustia, las huellas de la tristeza— cifrara el destino que les espera a los protagonistas. Una joven checa, por ejemplo, viaja casualmente a Alemania, conoce a un muchacho, se enamoran y al poco contraen matrimonio; ella es huérfana, su padre fue a la guerra y nunca se supo más de él; algunos meses después fallece el padre de su marido, y se entera de que era, igual que ella, checoeslovaco, y reconstruyendo su historia se percata de que es el padre que nunca regresó a su hogar después de la guerra: el destino, la casualidad, le había permitido encontrar a su medio hermano para casarse con él, recuperar a su padre, y dar sentido a su melancolía. Otra historia: las cuatro veces que Auster sufrió el pinchazo en una llanta de su auto estaba con la misma persona, un amigo al que dejaba de ver por años, pero cada vez que lo rencontraba, al subir al auto el neumático estallaba o simplemente dejaba salir el aire, ¿qué energía desataban sus encuentros, qué sentían uno del otro que se concretaba en las llantas del auto? Una más: un hombre conversa con un amigo y a lo largo de la plática se da cuenta de que la única mujer que realmente ha amado fue una compañera de secundaria a la que no ha visto en un cuarto de siglo; desde ese momento no deja de pensar en ella; de repente ella llama, consiguió su teléfono por casualidad, le dice, y se le ocurrió marcar; conversan varias horas, y aunque viven en ciudades diferentes se citan la semana siguiente en un punto intermedio; el final es predecible: sin saberlo se habían buscado y rehuido toda la vida, pero están enamorados y se casan.

En cada una de esas historias hay una casualidad que provoca el fortuito desenlace, y aunque este parece inexplicable, una constante subyace en los relatos: el deseo de los protagonistas de que algo, que aparece de manera manifiesta (como en el hombre que recuerda a su compañera de secundaria) o soterrado (como en el de los amigos que al reunirse provocan que las llantas se desinflen) cambie el curso de su historia.

Otro relato que me parece más que significativo: una mujer embarazada está a punto de dar a luz y enciende el televisor en el momento en que se inicia una película de Audrey Hepburn; a la mitad de la cinta siente dolores, tiene que ser llevada al hospital y no alcanza a ver el final de la película; el parto es difícil y tarda meses en recuperarse. Años

102

después vuelve a embarazarse, e igual que la primera vez, antes de dar a luz enciende el televisor, y da la casualidad de que trasmiten el mismo film de la Hepburn; la cinta, curiosamente, está en el momento en que ella la había dejado la vez anterior; cuando acaba la película tiene que ir al hospital pero esta vez todo sucede como es debido y su bebé nace de lo mejor. Auster no lo dice, pero es evidente que la mujer relaciona no haber terminado de ver el filme con el trastorno de su primer parto, atribuye a ello su desgracia y desea ver el final para exorcizar el mal, lo que sucede en la segunda ocasión. La trama de la cinta parece cifrar su vida, es una suerte de reflejo invertido que la ordena aunque ella no pueda comprenderlo. Detrás de la casualidad de ver el filme es posible que se esconda algún deseo soterrado en el alma de la madre, que sale a la luz cada vez que ella está cerca del parto.

Supongo que si tu padre creía que el destino se había conjurado para escamotearle el éxito que merecía cuando emprendió Súper Ediciones, y que igual, treinta y cinco años después alguien conjuraba para robarle a su hijo el reconocimiento universitario y el Premio Nacional de la Crítica que tanto decía merecer, era genuino preguntarse si, como sucede en los relatos de Auster, ambos, tú y él, habían deseado o provocado el final que tuvieron, o para decirlo de manera precisa: si algún sentimiento, aunque fuera inconsciente, podría haber dado pie al desenlace que enfrentaron; en el primer caso, que a Gregorio le fuera mal en su empresa y tuviera que estafar a la editorial; y en el segundo, que alguien oculto en la sombra del anonimato, hubiera querido destruirte. Seguramente ambos temían que su éxito se frustrara, con lo que se cumpliría la sentencia de Bergman, el miedo realiza lo temido; pero por otro, que es lo que me

103

importa señalarte: una vez alcanzado el éxito que ambos *creían merecer*, se llevó a cabo la maldición que enuncié más arriba: creer que merecemos algo malogra lo merecido, por lo que quebró la editorial que fundó tu papá, y a ti te corrieron de la Universidad y te despojaron del Premio de la Crítica. No importa si ese propósito se escondía en el deseo de reivindicarte con tu familia, o en el de cumplir los deseos de tu padre: al final se ha dado al traste con lo que se cree merecer. Era una variación de la fórmula que en los relatos de Auster toma forma de casualidad, una vuelta de tuerca, también, de uno de los epigramas de Oscar Wilde que más te gusta: "Cuando los dioses quieren castigarnos atienden nuestras oraciones".

Te lo digo porque sé que llevabas tiempo reflexionando en tu historia, te dabas cuenta de que guardaba ciertos paralelismos con la de tu padre, pero habías llegado a la conclusión de que su situación era distinta, parecida pero esencialmente distinta, aunque no comprendías el significado de sus diferencias.

—Lo que en mi papá fue candor —le dijiste a Javier—, en mí era soberbia.

Tragaste saliva, lo miraste fijamente y agregaste que si bien era cierto que el ataque contra ti se inició por una nimiedad (y en esa medida era injusto), tu comportamiento de los últimos años —del que nadie hablaba pero que aparecía como trasfondo en muchas de las críticas que te hacían— acusó prepotencia cuando deberías de haber tenido humildad, aceptar de tiempo atrás, para poner un ejemplo obvio, que había sido un error copiar aquellos párrafos y buscar a tus detractores; mucha gente te lo dijo, principalmente Anna, que llamaras a Ruiz Elfego para explicarle lo que había sucedido; tal vez de esa manera habrías atajado tanto desprecio; pero no lo hiciste, tu boca permaneció cerrada como si se te hubiera pegado la lengua al paladar. Lo peor era que esa conducta no se había limitado al caso de los plagios, tu envanecimiento abarcaba casi todas las áreas de tu vida, y si entre otras cosas veías a la Coordinación General de Publicaciones como la institución ideal para mejorar la cultura de los universitarios, también creías que era el medio ideal para lograr tus ambiciones; si al principio no ocultabas tus intenciones, tampoco presumías de ellas (de hecho, Javier era consciente de ello, definías la cultura como aquello que nos hace mejores, y uno de tus eslóganes era ese: *Nuestros libros hacen mejores personas*), y visto desde fuera, el programa editorial que llevaste a cabo iba dirigido a los estudiantes, pero poco a poco en tu conducta se coló el bacilo de la prepotencia y empezaste a hacer ostentación de que la novedad de sus publicaciones se debía a ti, que la Coordinación era mejor gracias a ti, y aun, que la tuya —así decías, *la mía*, como si fueras su propietario— era la mejor que la Universidad había podido concebir. Tu trabajo, así, empezó a regirse por una agenda íntima: en apariencia lo que hacías era en bien de la cultura, para cumplir con el eslogan que habían concebido entre todos, digamos, pero secretamente, también, para que se reconociera, no que la Coordinación hacía bien su trabajo, sino que tú eras el mejor coordinador que la Universidad hubiera podido tener.

Ser el mejor, merecerlo, creer que lo merecemos, reclamar, en fin, que se reconozcan nuestros méritos, fue el infierno en que viviste esos años. Te convertiste en un ornitorrinco que pasaba de la gentileza a la soberbia por pasadizos que sólo conocía tu alma, y que a todos dejaba perplejos. Ahí estaba de nuevo la palabra maligna: reconocimiento. El

105

ego nos tiende trampas insondables, le dio lo mismo la candidez de tu padre para entregar la administración de su negocio a un primo sin credenciales auténticas, que la vanidad con que ostentabas el título de coordinador; no importaba la simpleza del primer planeamiento con la sofisticación del segundo, lo único que el ego pretendía era doblegar su voluntad. Frente al ego somos una pobre variación del Fausto: le vendemos el alma al primero que nos asegura que nos dará el reconocimiento que creemos merecer. Tu ego, vía esa agenda secretísima que buscaba reconocimiento, y que tú ocultaste a la vista de todos, te había vencido.

El ego —tu Satán— fue el artífice de eso que llamabas *Paraíso del infortunio*.[17]

—No sé si aquella noche lo tenía claro y pude explicárselo a mi padre; no lo creo, pues él no dejaba de decirme que todo se debía a la envidia, que de ser cierta, lo cual hasta ese momento me cuidaba de aclarar, era una envidia provocada por mí. Pero todavía faltaba que le confesara lo más doloroso para mí, y quizá para él también.

---

[17] La palabra Satán viene del arameo *ha-shatán*, que significa adversario o acusador, quien se opone a nuestra realización. En toda la corriente abrahámica se le define como el embaucador del mal. Los estudiosos de la kabbalah afirman que el ego es la manifestación de ese temible adversario. Visto de esta manera, parecería que el ego es alguien ajeno a nuestro ser, una entidad que viene de fuera para convertirnos en sus víctimas, pero ahí está la paradoja de su naturaleza: aunque parece un ser distinto a nosotros, una especie de hermano gemelo de quien no podemos prescindir, y cuya compañía nos es indispensable, sólo es el reflejo de nuestra alma, su reflejo invertido, digamos. Quizás el tan debatido libre albedrío se puede reducir a la capacidad de escuchar o no al ego, de tener oídos sordos para su voz o aceptarla sin reparos.

"La pérdida del Premio de la Crítica no es lo peor que me sucedió, papá", agregaste mientras él, observando el movimiento de los dedos de su mano, insistía en que la envidia era el motor de tus enemigos y tú, que no sabías cómo sacarle esa idea de la cabeza, concluiste con lo peor que había pasado: "Anna se separó de mí porque le enviaron unas fotos que prueban que le fui infiel".

Seis

Durante los turbulentos años de tu relación con Anna Fante habías sostenido amoríos con otras mujeres, unos más importantes que otros, algunos meramente casuales, coqueteos vanos que morían en el intento, siempre clandestinos, ajenos a tu compromiso con ella, aunque tendrías que reconocer que más de uno te inquietaba, tuvo cierta importancia sentimental, y te hacia sentir culpable con tu mujer. Esas relaciones habían salido a la luz sin que tú lo esperaras, sin que hubieras podido hacer algo por evitarlas, y alguien se encargó de que Anna se enterara de ellas de una manera ominosa: enviándole fotos, correos electrónicos que la informaban de posibles amantes, levantando sus sospechas a través de crípticos recados que dejaban en su buzón, o mediante llamadas anónimas a su madre. "¿Cómo?", exclamó tu padre, incrédulo, "¿que te hicieron qué?". "Seguramente alguien me había espiado", agregaste nervioso, "Anna recibió unas fotos donde estaba desnudo, que quién sabe dónde fueron tomadas". Alguien se había enterado de una amante a quien visitabas con cierta regularidad (cuyas fotos, de ella semidesnuda, fueron sacadas de tu celular, donde las guardabas), y para colmo obtuvo mensajes que habías enviado a mujeres que Anna conocía. Con esa información armó diferentes correos en que gradualmente iba dando a conocer los datos que delataban tu conducta sexual, y se los envió a tu esposa y a muchas otras personas (a tus hijas, inclusive, lo que callaste pues tu papá no lo hubiera soportado). Parecía un asunto de telenovela, o de un relato de Manuel Puig, aunque no tuviera nada melodramático ni humorístico. "Me conduje mal con Anna, papá", dijiste avergonzado, "y mis infidelidades quedaron al descubierto". "Pero te acababas de casar…", comentó tu padre sin creer lo que le estabas contando. "Eso es lo peor: me casé para dejar atrás ese asunto, pero nunca le advertí a Anna cuál había sido mi conducta, le oculté mis deslices con otras mujeres, pues pensé que era mejor que no se enterara de nada".

La verdad nunca fuiste un tipo fiel. En tu matrimonio anterior tuviste alguna aventura que fue fuente de conflicto, pero siempre pudiste convencer a tu esposa de que no había sucedido nada importante y no pasó a mayores. No lo digo para que te vanaglories, pero te habías hecho una idea de ti mismo muy parecida a la de Tomás, el personaje de *La insoportable levedad del ser*, la novela de Milan Kundera, y no creías que con tu vida erótica estuvieras haciéndole daño a nadie, ni a tu esposa ni a las mujeres con quienes coqueteabas; es más, en una novela que habías escrito poco antes de conocer a Anna (la que está situada en ese *Santomás* misterioso, donde el protagonista convoca al fantasma de su difunta esposa para confesarle sus amores clandestinos), diste un paso adelante en la definición del don Juan que se da en el relato del escritor checo[18] y calificaste al protagonista de

---

[18] Kundera divide a los seductores en dos grandes categorías, el don Juan épico, y el don Juan lírico. Según sus propias palabras, los primeros buscan en todas las mujeres su propio sueño, subjetivo y siempre igual; los segundos son impulsados por el deseo de apoderarse del variado mundo de la mujer, y aunque diferentes, las mujeres que seducen representan el mismo ideal. Tú, que habías quedado impresionado con la clasificación, pensaste que no abarcaba tu caso.

tu relato como un seductor trágico, que convierte la épica en tragedia, como si su conducta obedeciera a la evolución de los géneros literarios; quienes pertenecen a esa familia se enredan con mujeres que se les atraviesan porque sienten que con ellas libran una batalla en que alguien los metió, solamente porque en efecto se les habían *atravesado*, y reservan para sí, como si sucediera en un escenario, su vida clandestina. Aunque dices que el personaje que creaste no tiene que ver contigo (de hecho está inspirado en tu padre), creo que te habías retratado en esa definición, pues veías tus infidelidades como obras teatrales, a veces cómicas, a veces trágicas, que sucedían fuera de tu vida. Nunca lo hablaste con nadie, pero siempre conservaste una regla de oro: no te liarías con quien pusiera en riesgo tu matrimonio.

Nunca, hasta que llegó Anna Fante, quien fue el último peldaño de esa larga carrera de don Juan. Algo te sucedió con ella, no era sólo que te gustara, o que su relación sexual te pareciera extraordinaria, que ella misma te dejara ver cuánto le gustabas, sino otra cosa, un sentimiento que se instaló en ti después de varias citas y muchas pláticas, unas insulsas y otras vitales, que te hicieron pensar que no podías perder la oportunidad de vivir lo que ella representaba. Reconócelo, así la viste, y a través de esa sensación empezaste a cortejarla: Anna era una oportunidad que no podías dejar escapar. Te dolió separarte de Gabriela. No fue fácil; llevaban treinta años juntos, y aunque tuvieron a lo largo de ese lapso algunas diferencias graves, siempre las habían resuelto y se puede decir que eran felices. Cuando empezó la relación con Anna creías que era un devaneo más, pero poco a poco comprendiste que algo te superaba, y la idea de romper tu matrimonio (en que Gabriela quedaría destrozada y seguramente tú no terminarías bien parado) te rondaba la cabeza.

Te recuerdo que los pocos amigos que sabían de tu situación te decían que no lo hicieras: Gabriela era una mujer cordial, afable, que te amaba como nadie y a quien tú también querías; pero no hiciste caso de sus consejos y continuaste con esa aventura, que acabaría tan mal como ya sabemos.

En algún momento, quizás al recordar esos consejos, pensaste que al capitán Ahab le había sucedido algo semejante, todos le decían que abandonara su obsesión por la ballena blanca, que no se embarcara, que el Pequod no estaba siquiera reparado, pero él no hizo caso de nada, ni siquiera del presentimiento de tragedia que dominaba a su contramaestre, y se embarcó en aquella travesía que le costó la vida. Era una imagen extraña, no me parece raro que pensaras en *Moby Dick*, esa secuencia había sido importante cuando *asesoraste* a tu padre en la adaptación de la novela, pero no parecía venir al caso en tu circunstancia, y sin embargo fue una imagen que quedó colgada en tu memoria a lo largo de la noche en que te confesaste con tu padre. No te diste cuenta, pero ese recuerdo escondía uno de los mensajes que sabías que estaban ahí, y eras incapaz de descifrar: Gabriela Martínez Vara representaba la estabilidad, el lado bueno de la historia, si quieres, el inicio del largo pasadizo que tenías la tentación de cruzar. La vida marital que habías tenido con ella te facilitó salir de los muchos conflictos que surgieron cuando enfrentaste tu verdadera vocación, con ella pudiste desarrollar tu pasión por la literatura y darle armonía a tu existencia; al lado de Gabriela encontraste la manera de escribir y dirigir tu editorial; no digo que ella te hubiera sugerido cómo hacerlo, sino que a su lado encontraste ese *cómo* que antes estaba perdido, con lo que pudiste llevar una vida acorde con eso que descubrió tu profesor de tercer año de primaria, y a lo que se refirió con un eufemismo que nunca pudiste olvidar: *facilidad para la lengua nacional*. Y sin embargo, no podías dejar de pensar que esa vida grata y plena había llegado a su último puerto, y te separaste de Gabriela Martínez Vara entre remordimientos y culpas. Pero lo hiciste, y te embarcaste en tu Pequod particular.

Ese final, lo sabías, imponía cambios en tu comportamiento que parecías haber considerado, y digo *parecías* con conciencia, pues cuando le propusiste a Anna Fante que iniciaran una relación formal, ella fue clara: se había enamorado de ti, si todo había empezado como una aventura, también para ella había desembocado en ese amor que, aunque tortuoso, la ilusionaba, y si querías seguir adelante exigía lo mismo que te ofrecía: exclusividad erótica. No me queda claro si fue ella quien lo propuso, o fuiste tú el que lo hizo, para efectos prácticos da más o menos igual, pues la fidelidad fue sólo un propósito, un vano compromiso, al menos de tu parte. Tú sabías que Anna era una mujer de recovecos con quien no te sería fácil lidiar; también eras consciente de tu debilidad frente a las mujeres, pero estabas enamorado, a una edad en la que no esperabas enamorarte de nuevo. Tenías otra oportunidad, te repetías una y otra vez que quizá fuera la última, y fuiste tan inconsciente que le prometiste serle fiel, o te lo prometiste a ti mismo, sabiendo que no ibas a ser capaz de cumplirlo.

Era cierto, como le dijiste a tu padre: fue una promesa que habías hecho por primera vez en tu vida. Supongo que pensabas cumplirla; de hecho, aunque parezca incomprensible, creías que la cumplías en alguna medida, pero la realidad se impuso a tus intenciones y nunca supiste lidiar con las dificultades que Anna te presentaba, con sus continuos brotes de disgusto, la diferencia de criterios con la que enfrentaban cada dificultad, y retomaste tu vida clandestina

113

escondiéndote en las aventuras que *se te atravesaban*, como le sucedía al personaje de tu novela. Hubiera sido más sensato, por parte de ambos, terminar, pero como algo incomprensible los unía siguieron adelante sin ver que estaban frente a un despeñadero. "Mis amores fueron un refugio cobarde, papá", dijiste apenado, "y me escondí detrás de mis deslices sin saber que dañaba a Anna".

Este asunto era quizá del que más te arrepentías, no haber comprendido en qué consistía el sufrimiento de Anna, no haber valorado cómo le afectaba la sospecha de tus infidelidades. Tú creías que preparabas con cuidado el escenario de tus posibles seducciones; en esa preparación, entre otras cosas, estaba que las mujeres a quienes querías conquistar no supieran que mantenías una relación seria con una mujer, por lo que ponías boca abajo los retratos de Anna cuando las llevabas a tu estudio, para que no te preguntaran quién era y tuvieras que explicar tu compromiso; no contabas con tu inveterada distracción, y en más de una ocasión los dejaste así, volteados, y Anna los descubría cuando llegaba a pasar el fin de semana contigo; tú negabas que fuera un hecho significativo o que probara algo, había sido la señora del servicio quien los había dejado así después de sacudirlos, decías, y Anna se enojaba aún más, pero tú seguías negando tu falta; era una disculpa tonta, infantil, a la que seguía una carta pidiendo perdón, asegurándole a Anna que sus sospechas eran vanas, y ella, sin saber por qué, acababa aceptándolas. Fue entonces, sin que lo supieras, que consultó a dos terapeutas que dijeron que lo más probable era que estuvieras engañándola y tenía que tomar una decisión para salir de la depresión, pero nunca hizo nada, o lo hacía a medias, por lo que se mantenía irritada y de mal humor, reclamándote cualquier cosa (que sobornaras a un policía que te quería

114

multar, por ejemplo), un sustituto a reclamarte los engaños que tu creías haberle ocultado.[19]

—Tengo que aceptar que no quería ver lo que nos estaba pasando —le dijiste a Javier sintiendo la culpa que siempre te embargaba con Anna—, o que simplemente no quería ver y sólo pensaba en correr y no enfrentar la verdad.

El proceso autodestructivo se puede representar por un círculo: empieza justificando lo que hacemos para no ver lo que nos sucede; es una huida en descenso, una puerta de escape para no asumir ninguna responsabilidad ni aprovechar la oportunidad que nos daría reconocer nuestras debilidades; en cambio, vemos lo que nos sucede como algo fortuito, injusto, y nos decimos que no nos merecemos vivir eso, como les pasaba a Anna y a ti: eran víctimas uno del otro, o peor aún, cada uno *se sentía* víctima del otro, y se decían (cada uno por su lado) que su relación requería mucho esfuerzo y necesitaban del descanso que (en tu caso, no

---

[19] En una discusión posterior, cuándo intentabas que Anna entendiera tu comportamiento, y que una parte, al menos una parte de lo que hiciste fue provocado por ella, te dijo una frase que te desarmó: "Yo nunca oculté mis defectos, mis errores ocurrían a la luz del día, tú sabías quién era yo, por lo tanto, nada justifica que me engañaras". No supiste, o no pudiste contestarle, de la misma manera que no supiste qué hacer aquella noche en la cantina La Covadonga en que la perseguías para explicarle que sus celos eran injustificados. Sí, tenía razón, Anna no se ocultaba, sus defectos, llamémoslos así, ocurrían a la luz del día, pero frente a esa misma luz a ti te era imposible enfrentarlos y te refugiabas en la oscuridad de tu vida clandestina, alumbrado por la luna hechizada del erotismo. De haber actuado con sensatez, si no hubieras sentido tantísimo miedo de decirle que su actitud, aunque ocurriera a la luz del día, te parecía irritante, quizá hubieras podido cumplir tu promesa, o al menos habrías podido evitar dañarla tanto.

sé en el de Anna) alguna conquista ocasional te procuraba. De esa manera la línea de tu autodestrucción se hundía en el placer que despertaba Eros, y cuando creías que empezabas a ascender de nuevo, sólo estabas enterrando las uñas en el fango: tu amantucha, los coqueteos, tu vida entera, se había convertido en una falacia. Eros es el dios de la ilusión, nos ilumina con una luz hurtada, tan falsa como la que se refleja en un espejo, que parece más brillante pero es una luz que destruye lo que toca. El círculo se cierra de nuevo en el ego, nos vanagloriamos de nuestra sensualidad y presumimos las conquistas que llevamos a cabo. El escape ha concluido.[20]

Tu padre, desde la inquietud de su vejez, te miraba compungido pero entero, como si al escuchar tus infortunios, tus deslices y galanteos, él también estuviera recorriendo su vida. Era una catarsis para ambos, o eso creíste descubrir en su mirada vidriosa, en la forma en que juntaba las manos para frotarlas. ¿Cómo podías continuar, cómo relatarle la ruptura final con Anna?

---

[20] A las pocas semanas de la muerte de tu papá, cuando empezaste a dar forma a un relato en que describías tu llegada a la Universidad y el inicio de tus amores con Anna Fante, te diste cuenta de que esa imagen de la autodestrucción y la fuerza del ego —la naturaleza del mal que nos destruye— iba a ser parte central de la trama.

Siete

"El asunto, que empezó con el envío de las fotos con mis desnudos, fue a peor" agregaste, tratando de ocultar la debilidad que te invadía. "Cuando empezaron a llegar los correos, Anna me advirtió que no iba a prestarles atención, pero que en algún momento le tendría que decir la verdad para aclarar el asunto". No sabías todavía el contenido de los correos de marras, pero hubieran dicho lo que le hubieran dicho sabías que eran parte de una historia anterior a su matrimonio; sin embargo, postergabas con un pretexto u otro la llegada de esa mentada conversación en que tendrías que decir la verdad, hasta que acordaste con Anna una especie de tregua, y quedaron en hablar después de que ella compitiera en el triatlón de Valle de Bravo, a donde iba a ir acompañada por sus compañeros de gimnasio. Una semana después de que Anna recibiera el primer mail, la noche antes de su partida a Valle, no fue a dormir a tu casa y se quedó en su departamento. Hablaron por teléfono antes de dormir, y te dijo que ya no resistía, la acosaban con más y más correos, nombraban varias mujeres, repetían las fotos de tus desnudos solitarios, hablaban de alguna bailarina, de una vieja amiga, de compañeras de la Coordinación; sí, había quedado en esperar, dijo, pero necesitaba que le dijeras lo que había pasado. Tu opción era decirle la verdad, cruda y llana, pero como de costumbre, decidiste maquillarla, y aceptaste sólo la parte de la verdad que te dejaba, según tú, bien parado: con ninguna de las mujeres que se mencionaba en los correos habías tenido nada que ver, eran tus amigas, ella estaba enterada incluso de quiénes eran, y alguna vez se había enojado porque escuchó que una de ellas te llamó *nene*; estaba mal, lo aceptabas, pero no había nada serio con ninguna; sí, le habías ocultado que alguna vez habías ido a comer o a cenar con una que otra; también habías hecho mal, lo reconocías, pero eran historias viejas, anteriores a su casamiento. Ese era tu argumento principal, aunque no necesariamente fuera cierto: desde la boda todo había sido distinto, e incluso le recordaste que entonces le dijiste que había cosas que tendría que perdonarte. "Debiste haberme dicho qué cosas", te reclamó, "tenía derecho a saber la verdad, a que me la dijeras con claridad para tomar una decisión". "No tenía fuerzas", argüiste, "la operación del apéndice me había hecho ver que podíamos aprovechar el momento para ser felices. La habíamos pasado mal, yo quería reencontrarme contigo, si te hubiera dicho la verdad con pelos y señales a lo mejor no nos hubiéramos casado". "Tendrías que haber corrido el riesgo", insistió ella, y agregó que entre las fotografías que recibió estaban los desnudos de una mujer; aunque no las hubieras visto sabías que eran las de la bailarina que tenías guardadas en tu teléfono; tuviste que reconocer que habías sostenido con ella una relación de varios meses —usaste el calificativo *apasionada*, lo que hirió a Anna aún más— pero que nada te ligaba a ella, no era una relación con amor, debía creerte; se había iniciado hacía tiempo, inventaste que la conociste en una supuesta junta que ella convocó en su casa cuando Gloria Contreras, la directora del Taller Coreográfico, quería organizar una huelga en tu contra pues te habías negado a publicar *otro* libro que la ensalzara; pero Anna no se tragó el anzuelo, por lo que mentirle resultó mucho peor; aceptaste que te habías encontrado con ella varias veces a lo largo de año y medio pero que habías dejado de verla antes de que se casaran; desde entonces, repetiste, todo había cambiado; lo que le hubieran dicho, cada correo que recibió, las fotografías, toda la información pertenecía a momentos anteriores a su matrimonio, y le suplicaste que aceptara que la boda los había limpiado. El ataque era para destruir su relación, le dijiste llorando, para cargarla de odio contra ti, ¿no se daba cuenta?, y se convirtiera en uno más de tus enemigos.

Debía creerte, volviste a decirle.

"Pero no me creyó", le contaste a tu padre, quien te escuchaba revolviendo las pocas canas que le quedaban sobre las sienes, "me reclamó que todavía le estuviera mintiendo, pues las juntas que supuestamente había convocado la bailarina eran mentira y yo cometí el error de aferrarme a esa versión, no sé por qué, pues daba igual cómo hubiéramos empezado, el caso era que nos acostábamos y ella había recibido las fotografías de los desnudos".

Después de mucho discutir, de que Anna te acusó de no tener el valor de decirle la verdad, quedaron en que no la llamarías, que ella iría sola a Valle de Bravo con sus amigos, regresaría el domingo, y te pidió que no hablaran hasta que ella te llamara. Tú sabías que era el final de la relación —de su matrimonio tan reciente— y que solamente te hablaría o escribiría (como hizo) para dar todo por terminado.

—Lidiar con la verdad me era difícil —le comentaste a Rodríguez— y decir la verdad, paradójicamente, se convirtió en el asunto central de mi relación con Anna.

Por una razón que apenas te habías atrevido a tratar en tu terapia, pero que empezabas a comprender a través de los cursos de kabbalah que habías iniciado, siempre inventabas

historias que suavizaban tus infidelidades, que las justifica-
ban, o que, según tú, te restaban culpabilidad.[21] Tu mujer
insistía en que le dijeras la verdad, pero evitabas hacerlo. Eso
le servía a ella para repetir que la torturabas, que desde siempre la habías torturado diciéndole mentiras. "Por eso consulté
a los terapeutas", te volvió a reclamar aquella noche, "creí que
me estaba volviendo loca, pero no, eras tú quien, con tu actitud, con tus mentiras, quería enloquecerme". La necedad
de sostenerte en esas falsas historias, según creías, estaba relacionada con tu familia, no sólo con tu padre, sino con tus
abuelos, Jaume, Josep, Sergi, y muchos otros miembros de tu
familia que siempre se guardaban para sí sus historias íntimas.
No lo decías como justificación, era algo interior, perverso,
que sujetaba tu voluntad y había hecho que te comportaras,
digamos, como tu abuelo Ferrán, que se fue a la tumba lle-
vándose el secreto de que era adoptado; sus hijos se enteraron

---

[21] No habías encontrado el pretexto para contarle a Javier que
cuando regresaste de Barcelona, meses después del rompimiento con
Anna, estabas tan mal, tan emocionalmente destrozado, que Gabriela,
tu exesposa, te llamó y te dijo que, de cumpleaños, iba a regalarte el
curso de *Iniciación a la kabbalah*: "Es la solución que has buscado
desde siempre, y que ahora te ayudará a salir adelante". Hacía años,
bajo la guía de tu maestro Sergio Fernández, habías tratado de acer-
carte al conocimiento cabalístico, en especial a través de los ensayos
de Gershom Scholem, pero con poca o ninguna fortuna. Al recibir el
comprobante para el curso sentiste que era algo providencial, y que
Gabriela, a pesar del daño que le habías hecho separándote, te conocía más que nadie y tenía razón, volver al estudio de la kabbalah te
haría comprender las cosas que te habían sucedido. Y en efecto, con
aquel curso empezabas a darte cuenta por qué te habías comportado
de forma tan destructiva, y en especial, cuál era tu relación con las
verdades que ocultabas, como esa que pergeñaste para Anna Fante,
acerca de tu relación con la bailarina.

tiempo después de su muerte, y se extrañaron —y sobre todo se enojaron— porque su padre nunca les hubiera contado algo tan importante. Cuando supiste cómo lo tomaron (tú estabas al tanto de la historia de tu abuelo, a quien veías seguido, pero nunca la comentaste con él ni con nadie, era una de las tantas historias del exilio español que cualquiera hubiera querido olvidar), y te sorprendiste de que tus tíos se disgustaran, que incluso sufrieran, pues te parecía normal que no les hubiera dicho nada. Aceptar este tipo de ocultamientos, disfrazar la vida para que no se les juzgara, fue algo con lo que creciste, que durante mucho tiempo te molestó pero que no podías superar, menos cuando Anna te confrontaba, y esa fue la piedra de toque para que ella dejara salir el rencor que había acumulado en tu contra. No tratabas de culpar a tu familia por tu comportamiento, tampoco querías exculparte aludiendo a esas historias, pues deberías haber hecho un compromiso más sólido contigo mismo, pero igual, no lo hiciste, y fuiste tan complaciente con tus manías que en lugar de decir la verdad inventabas excusas para ocultarla.

En *El rey Lear* Shakespeare afirma que "La verdad es un perro que hay que echar a la perrera". No dice que hay que echar *de* la perrera, sino esconderla en el fondo, en el último rincón del alma. Es una advertencia del bufón para que Lear guarde más de lo que enseña, diga menos de lo que sabe y preste menos de lo que tiene. Era la escuela en que te habían educado, de la que, como decías, no te sentías orgulloso pero de la que no podías librarte: la verdad era una perra con rabia que se resistía a salir por tu boca.

—Mi afición a la vida clandestina, la forma que había tomado la perrera shakesperiana —le confesaste a Javier, quien te escuchaba visiblemente perturbado—, se iba a volver en mi contra aquella noche en que hablé con Anna.

121

Con tu silencio, con esas medias verdades, con las falsedades que inventaste, cavabas la tumba de tu desprestigio, y no sólo le diste a Anna las armas para tildarte de mentiroso, sino para que descreyera la parte que sí era verdad de tu relato. Aunque te doliera, gracias a esas mentiras —graves, tontas e irresponsables, daba igual— la serie de relaciones que habías sostenido, que calificabas de inocuas, pasaron a ser faltas graves.[22] Te sucedió todo lo contrario que al protagonista de tu novela santomeña, cuyas traiciones se escribían con *t* minúscula, pues gracias a tu tendencia a revestir con falsedades tus errores, las tuyas pasaron a ser traiciones con *T* mayúscula.

—Y sin embargo, te repito, la había amado —le dijiste abatido.

Fuera cual fuera la manera que entendieras el amor, habías amado a Anna Fante, y ahora ese amor estaba destruido, no sólo gracias a esas mentiras, sino a la insidia de alguien que atizó el rencor acumulado en el corazón de tu mujer. Era eso lo que quedaba de ti, la imagen de un pelele manteado por los aires, y como si siguieras siendo adolescente, en tu

---

[22] No creo que a nadie le extrañe que con *esas mentiras* hubiera sucedido lo mismo que con tus plagios: para ti eran copias sin importancia, que daban información irrelevante, ponerlos o no entre comillas daba lo mismo, a nadie le iba a importar, y sin embargo, Ruiz Elfego y sus lectores detectives te acusaron como si hubieras plagiado todo el artículo; la misma Carmen Arreguín desechó tu argumento con la misma certeza con que Anna había descreído de tu amor: no importaba lo copiado sino haber copiado, no podías hablar de amor si habías querido tener sexo con otras personas; ya podías alegar lo que quisieras, que eran copias sin importancia o relaciones casuales, tus faltas eran graves y no leves. Para probarlo estaban Elfego y sus secuaces, y ahora, quien le escribió a Anna para informarla de tus infidelidades.

mente se repetía una canción de Elvis Presley que escuchabas en tu juventud: *Maybe I didn't treat you quite as good as I should have; maybe I didn't love you quite as often as I could have; little things I should have said and done I just never took the time: You were always on my mind,*[23] como si con eso pudieras reparar tus faltas. Parecía que pretendías componer un nuevo soundtrack para tu vida, pero era verdad, Anna siempre estuvo en tu mente y es probable que nunca se lo hubieras dicho.

Aquella noche, al terminar de hablar con ella, te fuiste a dormir en un estado lamentable, sin pensar, sin saber qué habías dicho ni qué aceptaste ni lo que Anna te había reclamado. Despertaste en la madrugada, después de haber tenido un sueño pesado, una masa informe, oscura, que se quedó prendada a tu conciencia, en que tu maestro Sergio Fernández repetía un poema de un místico olvidado de los Siglos de Oro, fray Juan de los Ángeles, que muchas veces citó en sus clases: *El lecho de nuestro corazón es angosto y no caben en él dos, y el palio del amor es breve y no alcanza a cubrir más que a uno.* Te levantaste y fuiste a la sala con esos versos resonando en tu cabeza, *nuestro corazón es angosto… el palio del amor es breve…* El resplandor de la luna que se filtraba por el ventanal de la terraza iluminaba tenuemente el contorno de las cosas, como si todo existiera a medias, como si los muebles, las botellas, el florero, los cuadros colgados en las paredes, estuvieran ahí para contradecir la negrura de tu sueño, para que inesperadamente volvieras a escuchar la

---

[23] Una traducción podría ser la siguiente: *Quizá no te traté lo bien que hubiera debido; quizá no te amé tan seguido como debería haberlo hecho; pequeñas cosas que debí haber dicho y hecho, para las que nunca encontré tiempo, pero siempre estuviste en mi mente.*

voz de Elvis... *You were always on my mind*... Estabas solo, sin Anna, aunque sus fantasmas siguieran ahí, los fantasmas que se aferraban a su recuerdo, los fantasmas a los que habías dado forma a lo largo de los años que estuvieron juntos, pues a pesar de lo que ella hubiera dicho, te abandonó, y tan sólo te dejaba esos seres informes que salían de la masa oscura de tu sueño: su imagen acercándose en la primera cita que tuvieron, sus ojos color miel mirándote con brillo felino, su sonrisa brotando en sus labios cuando se inició como productora de televisión, sus cejas enarcadas de ira porque le habías pedido en público que vivieran juntos sin haberla advertido, el eco de su voz en tus oídos, los ruidos de la boda que celebraron cincuenta días antes, sus dedos acariciando tu piel para que supieras que era bella... *You were always on my mind*... sus besos tibios, sus celos como sombra funesta apareciendo para decirte que tus mentiras la martirizaban, su cabeza puesta en tu hombro para que la abrazaras antes de dormir... *nuestro corazón es angosto... el palio del amor es breve...* Tu mente mezclaba sin armonía la letra de Elvis con los versos que te había enseñado Sergio Fernández. Era el amor disipado, inconsecuente, el amor ausente, el anhelo que no existe.[24]

---

[24] En la carta que Anna te escribió la semana siguiente, 6 de marzo del 2012, dice: "Al llegar a Valle y revisar mi correo, encontré varios mails en la basura. Aunque me había prometido, y te había prometido a ti, no abrirlos, lo hice, y es algo que no olvidaré en mi vida. Ya había visto las imágenes que dices son de tu bailarina, que ella se tomó o tú a ella, me da lo mismo... pero no eran esas... me imagino que sabes a cuáles me refiero... No dormí en toda la noche, sólo vomité y creo que Dios existe, pues no entiendo cómo pude ir al triatlón y nadar, estaba desesperada, asqueada, completamente sola en mi dolor... Una cosa es intuir y otra saber... pero tener frente a

Así estarías por mucho tiempo —te dijiste esa noche en que Anna no fue a dormir, y se lo repetiste a tu papá en tu larga confesión—, acompañado por su eco, condenado a buscar verdades escondidas en las entretelas de los hechos. En la novela con que habías ganado el Premio de la Crítica, un hombre decide pasar su vida imitando a Humphrey Bogart en *Casablanca*, sentándose todas las tardes frente a una mesa para beber güisqui tras güisqui mientras espera que llegue una mujer que anhela pero que sólo es un sueño, una ilusión. Ese era ahora tu destino, una soledad igual de dura, con un disco fantasmal girando en el vacío, esperando inútilmente que tu mujer volviera. A la ilusión de tu libro se le había adherido como lapa la culpa de tu historia, pues lo suyo, lo que pudo haber entre Anna y tú había terminado, las promesas de felicidad que se hicieron la noche de tu operación, las esperanzas acumuladas en cinco años, los sueños untados en la piel, los gozos y la sombras, la ilusión y la culpa, todo era papel mojado, abandono, soledad, y tú solamente podías elaborar la sinrazón del amor tratando de dar sentido a tanto desatino, a tanto infortunio, a los fantasmas que se acercaban para abrazarte en un falso intento de consuelo. Sentiste, viste, palpaste la forma en que tus pensamientos se rompían uno tras otro sin que pudieras acomodar

---

tus ojos las pruebas de la traición es algo para lo que no encuentro nombre". En esas fotos estás con una mujer (a la que es imposible identificar, pues de ella sólo se ven las piernas y el vientre), haciendo el amor oral. No sabías que existían ni quién las tomó. Aunque sin duda eres tú, las fotos están retocadas y por eso no se puede distinguir con quién estás. Hasta donde sabes, nadie más recibió copia de ellas, y sólo estuvieron en ese mail, que fue la razón definitiva para que Anna te abandonara, y no volver a verte hasta que firmaran el convenio de separación.

los pedazos en tu mente. Entonces también se te rompió el cuerpo y tu alma se hizo trizas. No quedaba nada de la vida, no quedaba nada de nada. Supiste lo que significaba haber sido despojado, lo que te había advertido el presidente de la Sociedad Alfonsina cuando sugirió que mejor renunciaras al premio a que te despojaran de él. Sentías el cuerpo como si fuera una piel desollada, un saco de patatas. No ignorabas tus fallas, tus falsas pasiones, tus mentiras, pero alguien se había aprovechado de ellas para arrebatarte lo que más amabas. De nada había valido que se casaran, de nada tu voluntad por dejar atrás el pasado. Como todo lo que sucedió en esas semanas, la ausencia de Anna fue un ajuste de cuentas con lo que habías querido evitar. En pocos días hicieron añicos tu escritura, tus esperanzas, tu sentido del humor, y tu mujer era un bulto ausente cargado de recuerdos. Era una oscuridad sin emociones. Sin nada. Eras un pelele dueño de una vida que no tenía vida. Dolor, sordera, desilusión. En la memoria de tus ojos el recuerdo de Anna estaba rodeado de sombras y no pudiste recordar sus facciones a pesar de que hubieran estado siempre en tu mente. Tus enemigos, aliados con tu ego, habían triunfado y no quedaba más que tu soberbia para comprender por qué se habían ensañado de esa forma, que hasta Anna —tu ilusión, la mujer ideal, el emblema de tu culpa— te había abandonado.

Cuando se les acabaron las palabras estuvieron un rato callados. Ni tu padre ni tú sabían cómo continuar; mientras llorabas, tu papá tomó tus manos, te acarició la mejilla con ternura, te revolvió el pelo como hacía cuando se tiraban en el suelo a escuchar música, y sólo atinó a preguntarte si creías que los mensajes y las fotos que le enviaron a Anna eran parte de la misma conjura. "No lo sé", contestaste, "sospecho que sí, que es parte de un plan concebido en mi contra, pero no tengo pruebas". Lo único que sabías es que había sucedido todo junto, una secuela de desgracias que parecían organizadas para destruirte, que quizás alguien había fraguado con el fin de humillarte para que renunciaras a la Universidad y al Premio de la Crítica, para que Anna te abandonara y sufrieras escarnio público. La secuencia de los hechos parecía avalar esa suposición: un lunes se hizo público que te habían premiado, el martes apareció el artículo de Ruiz Elfego, al día siguiente el de Seide, tres días después el de "Chucho" Márquez, y Anna recibió las primeras fotos en el momento en que empezó el revuelo en las redes sociales, cuando apenas habían transcurrido dos semanas más, el 14 de febrero, día del amor. No parecía una trama casual sino organizada por alguien que llevaba tiempo preparándola, y que aprovechó la coyuntura del premio para echarla a andar. Fuera quien fuera había conseguido sus objetivos, dejándote en ese estado de postración del que apenas te estabas recuperando. "Pero no sé quién pudo ser, papá", dijiste con mirada hipócrita. "Qué pobreza de espíritu", comentó él con una voz que salía de su corazón, "no sé si sólo en tu medio o en México en general, pero qué mediocres, qué pobreza intelectual. García Márquez decía que el peor enemigo de un mexicano es otro mexicano. Es evidente que tenía razón".

En ese momento hiciste una pausa y miraste a Javier de la manera que lo habías hecho, años atrás, en la Universidad, cuando sentiste que se llamaba Ismael y estaba destinado a acompañarte en esa u otra aventura.

—No tengo pruebas —dijiste con cautela—, pero sí indicios de quién organizó el ataque en mi contra. No quise contárselo a papá porque le hubiera hecho más daño.

Ocho

Si lo pensabas bien, las fechas que abarcaban el *percance* no estaban del todo claras. Podría haber empezado días antes de la publicación de los artículos en *Letras Libres* o remontarse un año atrás, cuando empezaron tus diferencias con Remedios Salazar, pero para los efectos de tu sospecha creías que si no se inició la noche del coctel que esa mujer ofrecía en el Conalib a la comunidad cultural —que debió llevarse a cabo el 18 o el 19 de enero de este 2012—, en ese momento empezó a tomar forma final. Aquel día estaba programada la presentación de tus libros, pero al darte cuenta de que coincidía con el mencionado coctel, decidiste posponerla a riesgo de que el rector, quien iba a ser el presentador, se molestara, pues temías que la tal Remedios, para entonces presidenta de Conalib, pensara que habías organizado aquel evento el mismo día de su coctel con la intención de agredirla, o peor, porque pretendías continuar con un pleito que supuestamente habían zanjado un año atrás.

—Le tenía más miedo a Remedios —dijiste— que al doctor José Narro.

Rodríguez te observó como si abrieras la puerta de un recinto secreto. Quizá no recordaba que tu prevención contra esa mujer no era baladí, el año anterior (cuando suponías que de alguna manera pudo haberse perfilado todo) les habías pedido a tus colaboradores que no fueran a ese coctel porque la Señora Salazar (así te había dado por llamarla) parecía haber empezado una furiosa pelea contigo: no sólo te retiró el saludo en una junta de trabajo, sino que le había dicho al rector que habías filtrado información al periódico *Reforma* para que la desacreditaran en un editorial; era una falsedad, tú no tenías nada que ver con la noticia que ese diario había dado a conocer, pero la intención de la mentada señora fue poner al doctor Narro en tu contra, lo que en ese primer asalto no logró, y el asunto quedó entre el rector y tú. Un año después, sin embargo, sus diferencias parecían estar aparcadas, y asististe a *su* coctel con Anna Fante, donde sucedió algo curioso. Uno de los jurados, ahí presentes, te adelantó que esa mañana se había acordado que los libros que acababas de publicar tuvieran el Premio de la Crítica, lo que a Anna y a ti los llenó de gozo, y ella sugirió que fueras al programa de televisión que conducía todos los viernes en Radio y Televisión Nacional, pues ambos querían que fuera ella, la mejor conductora del medio cultural, quien diera la noticia. Al día siguiente, sin embargo, te llamó la directora de Literatura del Instituto de Bellas Artes (encargada de los trámites del premio), para pedirte que no hicieras ninguna promoción antes del lunes, cuando se daría a conocer *oficialmente*, así te dijo, la noticia. "Ya lo sabe todo mundo", dijiste tratando de salvar la entrevista que Anna había comprometido, "y según sé, el acta ya está firmada". "Es cierto", dijo ella, "pero todavía no es oficial y la Señora Salazar prefiere que no se haga nada hasta entonces".

Remedios Salazar es una mujer altiva, que siempre trata de dar una apariencia de amabilidad y fortaleza. Hay quien juzga que a primera vista resulta simpática, que sus modos, en apariencia extremadamente cordiales, indican que es una tipa agradable, pero analizada con una segunda mirada se puede descubrir que tras su amabilidad siempre hay un dejo de desprecio, por lo que uno sospecha que está midiendo a la gente con la que trata. Por lo general viste trajes de hombre, color negro o gris Oxford, y lleva el pelo encrespado y mal peinado. Es morena, de cara rechoncha y rasgos negroides. No, no es, aunque le pese, una mujer agradable, antes al contrario, puede ser bastante chocante. Siempre presume de ser nayarita, nacida en Acaponeta, que según ella ha dado sólo tres hijos ilustres a las artes de la nación, el poeta Alí Chumacero, Consuelo Sáizar (a la sazón, presidenta del Conaculta), y ella misma, lo que despierta ciertas sonrisillas en el ámbito cultural, que, dejando de lado a Consuelo Sáizar, le tiene un cariño y respeto ancestral al buen Alí, que en paz descanse.[25]

No es de extrañar que le haya pedido a una funcionaria menor del INBA que te hablara, pues la actitud de Remedios Salazar hacia ti nunca fue amigable. Quizás era comprensible que así fuera, pues tú creías que su resentimiento —que no su actitud— se originaba en que los objetivos de su trabajo y el tuyo eran similares y con frecuencia parecían entrar en competencia. Ya que el mundo del libro necesitaba un plan que estimulara la lectura, ordenara la producción y el consumo editorial, el gobierno había creado pocos años atrás el Consejo Nacional del Libro, Conalib, precisamente con esa intención, y bajo su coordinación había quedado la regulación de todos los premios literarios que de alguna

---

[25] Alí Chumacero es una de las glorias de las letras mexicanas, autor de un libro memorable, *Palabras sin reposo* (un compendio de poemas de gran profundidad y belleza), y editor principal del Fondo de Cultura, donde fue el encargado de trabajar el manuscrito de *Pedro Páramo*, la novela de Juan Rulfo, en cuya versión final, se dice, tuvo mucho que ver su genio editorial.

manera estaban relacionados con el Estado, los estímulos a la producción del libro y al establecimiento de librerías, la promoción de las ferias regionales, y la elaboración de la llamada Ley del Libro, cuyo objetivo principal era la creación del precio único, con el que se pretendía defender a las pequeñas librerías frente a la proliferación de las grandes cadenas. En la UNAM, por tu parte, habías recibido instrucciones para resolver el caos de la producción editorial universitaria, que cargaba —ese es el término preciso, *cargaba*— con 111 unidades editoriales que producían cerca de tres novedades al día, con lo que La Prensa Universitaria era la editorial más importante del país, y una de las mayores en América Latina. De esa manera, si Remedios quería hacer bien su trabajo era necesario que negociara contigo, aunque tú, para lograr tus objetivos no requerías más que la buena voluntad de los universitarios, y muy bien podías ignorarla (lo que, según parece, ella sentía que hacías). Sin duda su labor era más importante que la tuya, y su presupuesto mucho mayor al que tú manejabas, pero ninguno de los dos estaba dispuesto a poner de su parte para que la mentada colaboración se llevara a cabo, a lo que habría que agregar que sus posiciones institucionales no eran las ideales, mucho menos la personal, que acusaba desavenencias y lastres de mucho tiempo. En una ocasión, ¿te acuerdas?, en una de las Ferias del Libro de Guadalajara (me parece que fue la del 2006), Remedios te reclamó en el lobby del Hotel Hilton que la estuvieras *grillando* para quedarte con su puesto en la Editorial Educativa del Estado (la EEE, de la que entonces era directora). No era cierto, tú habías rechazado años antes la posibilidad de ser director de esa editorial (los *head-hunters* del presidente Fox te la ofrecieron, y preferiste tomar tus años sabáticos en Barcelona e irte a escribir), pero Remedios estaba convencida de que querías hacerla a un lado. Su terquedad te hizo pensar que sus continuas riñas partían del temor a que estuvieras haciendo algo en su contra, y en esa oportunidad te reclamó a los gritos —tiende a encenderse muy rápido y a insultar con mayor prontitud—; respondiste a sus reclamos de la misma forma para demostrarle que no tenías la menor intención de que ella dejara la EEE. Fue una escena desagradable, Remedios estaba fuera de sí, gritaba a mitad del lobby y tú manoteabas para que bajara la voz. No era raro que temiera que alguien la hubiera *grillado*, para utilizar su expresión, pues existían fundadas sospechas de que fue ella quien *grilló* a su predecesor en la EEE para que lo destituyeran. Si fue capaz de intrigar en contra de quien consideraba su amigo, Gonzalo Gonzaga, ¿por qué no iba a pensar que tú harías lo mismo para que ella dejara su puesto? No era así, a ti la Editorial Educativa del Estado te tenía sin cuidado, y Remedios acabó por reconocerlo, pues te invitó a comer al restaurante San Ángel Inn para pedirte disculpas. Su relación, empero, había quedado lo suficientemente dañada para que la colaboración entre ustedes fuera, no complicada, sino lo que le sigue.

Desde entonces debiste estar prevenido contra ella, o aún mejor, tendrías que haber pensado que Remedios Salazar era capaz de dañarte más de lo que dejaba ver con su actitud, y que alguna vez pasaría de los insultos a la acción; que te hubiera *acusado* con el rector era indicio de que sus intenciones eran muy perversas, y debiste darte cuenta de que su petición para postergar la difusión del premio escondía algún plan, pero seguiste sin decir nada, como si pensaras que no iría más allá de *grillarte*, y peor todavía, dejando creer a la gente que sus solicitudes de perdón habían mitigado la perenne animadversión que te tenía.

Dentro de ti, sin embargo, ello justificaba tus resquemores ante sus posibles ataques, y explicaba por qué suspendiste la presentación de tus libros: Remedios era tan quisquillosa que podría pensar que lo habías hecho para que coincidiera con su fiesta, es decir, para que la gente tuviera que decidir entre ir a *su* coctel o a *tu* presentación, lo que probaría que estabas en contra suya.

—Le repito, Javier, que me hubiera acusado de haberla grillado en la EEE era razón suficiente para sospechar de ella, no dije nada porque no quería hacer más bochinche con el asunto, pero entonces ocurrió otro hecho que me parece clave para comprender por qué dudaba de su honestidad y supuesta buena voluntad, y que por su importancia no puedo pasar por alto.

Al iniciar el año 2011 Remedios Salazar llevaba tres o más meses enojada tanto contigo como con Anna, haciéndoles todo tipo de desaires, pues los culpaba de que una de sus muchas asistentes hubiera quedado en ridículo en una mesa redonda. Tú pertenecías al grupo que convocó a aquella mesa de discusión como parte de un congreso al que los organizadores —Ámbito A. C., la Word Future Academy, y la Coordinación General de Publicaciones— titularon *Para encontrarse en México*. Habían invitado a la Señora Salazar a participar en la mesa dedicada a la cultura y la educación, con varias personalidades del extranjero con quienes se suponía iba a estar encantada, entre ellas Jack Lange, el ministro de Cultura de Francia. Desgraciadamente Monsieur Lange canceló su vista a última hora, y quien estaba a cargo de la comunicación con los invitados no le informó a Remedios del cambio de panelistas, y como ni tú ni ninguno del resto de los organizadores lo hicieron, ella se enteró de quiénes eran sus compañeros de mesa el día anterior a que se llevara a cabo su sesión. Obviamente ninguno le pareció de su nivel, menos Paco Ignacio Taibo II, con quien mantenía cierto antagonismo. Suspicaz y desconfiada como siempre ha sido, creyó que tú (no la organización, sino tú directamente) le habías tendido una trampa. Por supuesto, no asistió y envió en su representación a aquella asistente. Para colmo de males, Anna conducía esa mesa, y ante el desastre de la intervención de la susodicha representante, y las críticas que en efecto le hizo Paco Ignacio, Remedios acusó a Anna de no haberla defendido (como según ella era su deber por trabajar en el canal del Estado), e incluso dijo que se había burlado de su pobre intervención. La furia de la Señora Salazar tomó tal proporción que en una ocasión en que la llamaste para explicarle lo que había pasado te acusó de que Anna y tú eran un par de traidores. Quizá por esa razón te calumnió con el rector y amenazó a Anna con influir para que la despidieran. Esta advertencia se llevó a cabo —a los gritos, como era costumbre en Remedios— en el mismo Hotel Hilton de Guadalajara, donde años antes se había peleado contigo. Ocurrió durante otra Feria del Libro, saliendo de una de las comidas que se organizan a lo largo del evento: Anna se acercó para saludarla, simplemente para eso, saludarla; se encontraban al pie de la escalera que conduce al mezzanine, y a pesar de la forma cortés con que Anna se dirigió a ella, Remedios la despidió con voz destemplada y le advirtió que se cuidara, que con Remedios Salazar (se refirió a ella misma en tercera persona) nadie jugaba.

Estaba fuera de sí, te dijo Anna, como poseída por el deseo de dañarla.

La educación y las buenas maneras características de los funcionarios de cultura mexicanos eran ajenas a la Señora Salazar. ¿Recuerdas que en una ocasión, sería el año 67, llevaste una carta de tu padre al doctor Arturo Arnaiz y Freg, que por entonces trabajaba en el Seguro Social encargado de los servicios culturales de la Institución, en particular de sus teatros? Te hizo pasar a su oficina y escuchaste el final de la conversación que sostenía por el teléfono; te llamó la atención la forma extremadamente cortés con que le hablaba a su interlocutor, y retuviste una frase que no has podido olvidar: "Lo veo entonces en su honorable domicilio de la calle de la Hormiga", dijo don Arturo, y te quedaste boquiabierto, pensaste que se habían citado para una de las muchas tertulias en las que vivían los intelectuales. Nunca has sabido dónde está la calle de la Hormiga, pero siempre imaginaste que sus casas son honorables. Pues mira, don Arturo se comportaba con esa cordialidad porque era la costumbre del medio cultural, costumbre que era ajena a la gestión de la Señora Salazar en Conalib, pues su comportamiento impuso el grito como forma usual de trato, sobre todo cuando se enojaba con quienes consideraba sus subordinados.

Intentaste en varias ocasiones explicarle qué había sucedido en la mesa redonda para que aceptara que Anna no tuvo culpa alguna en el desaguisado, incluso el doctor Melo, otro de los organizadores del coloquio, le envió una carta disculpándose y tratando de explicarle el malentendido, pero la rabia de Remedios, en vez de disminuir, fue creciendo hasta el día en que se llevó a cabo la comida anual del Fondo de Cultura, editorial clave para llevar adelante la gestión que ella pretendía de las publicaciones oficiales. Si la memoria no me falla fue en marzo de 2011, un año antes de los acontecimientos que destruyeron tu carrera y arruinaron tu vida sentimental.

—¿Se acuerda? —le preguntaste a Javier—. Fuimos juntos a esa comida.

Claro que se acordaba, incluso te recordó que se sentaron en una mesa apartada, con Hernán Lara, Gonzalo Celorio e Ignacio Solares. Había muchísima gente, autores del Fondo, de la EEE, funcionarios públicos, editores y periodistas. En la mesa principal se encontraban las personalidades del evento: el secretario de Educación, Alonso Lujambio, Remedios Salazar y Joaquín Díez Canedo, quien fue nombrado director del Fondo al poco de que ella aceptara la presidencia de Conalib (muy probablemente gracias a sus gestiones). Los acompañaban Elena Poniatowska y Margo Glantz, dos de las autoras más destacadas del Fondo. En algún momento te acercaste para saludar a Lujambio, con quien siempre llevaste una relación cordial, abrazaste efusivamente a Elena y a Margo y, según Rodríguez, le tendiste la mano a la Señora Salazar de manera fría.

—Nunca voy a olvidarme, usted me dijo que, a pesar de que estaba sentado bastante lejos, se dio cuenta de que ella trató de abrazarme y yo no le correspondí, al contrario, di un paso hacia atrás evitando que se acercara.

Era cierto, empezaron a discutir en voz baja y se miraron con odio, tú sacaste tu teléfono celular, se lo pusiste en la cara, y ella te calmó tomándote la mano. Parecían títeres en un guiñol. "Con que así quieres que nos llevemos", había dicho Remedios cuando te negaste a abrazarla, levantando una ceja e inflando las fosas nasales; "Así quieres que nos llevemos tú", le contestaste airado, "me llama la atención que quieras abrazarme cuando habías dejado de saludarme"; "Puedo ser muy mala", te amenazó; "Yo puedo ser peor", respondiste engallado. A la luz de lo que sucedió un año después, está claro que la amenaza de ella era cierta y la tuya una simple bravata. "Ya sé que eres capaz de ir a calumniarme con el rector" agregaste, "tú sabes que lo que dijiste de *Reforma* es una mentira, yo nunca comenté nada acerca de ti". "Ellos me dijeron que fuiste tú quien les informó lo que publicaron". "Es mentira, Remedios", continuaste sacando tu celular, "ahora mismo hablamos con René Delgado para que te desmienta".[26] Fue en ese momento, precisamente en ese momento, cuando ella cambió, te vio a los ojos y dijo que las instituciones que representaban no merecían esa discusión, e incluso se atrevió a sugerirte que aparcaran sus diferencias hasta que dejaran sus puestos. A ti te extrañó que usara esa palabra tan poco común, pero eso fue lo que dijo, que *aparcaran* sus diferencias. "No sé por qué tienes tal animadversión contra mí", le dijiste, "desde que me reclamaste que te estaba grillando para que dejaras la EEE crees que te voy a hacer algo". "Lo nuestro es mucho más viejo, no te confundas", comentó ella con acritud. Te extrañó aún más que saliera con esa excusa, era la primera noticia que tenías de que la rivalidad con la Señora Salazar venía de lejos. "¿Cuándo te hice algo?", le preguntaste. "No vale la pena continuar esta plática", concluyó ella, "dejemos de lado nuestras diferencias y ya está".

---

[26] En un vuelo en que Remedios Salazar viajaba en primera clase (causa de la supuesta filtración), también iba el rector Narro, pero en clase turista como siempre viajaba, y alguien de su staff pudo filtrar a *Reforma* que ella iba en clase preferente, lo que no era bien visto en un funcionario de su nivel, mucho menos si había sido nombrado recientemente. Es posible que para proteger a ese *alguien*, uno de los reporteros del periódico te hubiera echado la culpa de la filtración de la noticia. No sería extraño que eso hubiera sucedido, pues tú sabes que hubo alguien en Rectoría que pasó información a los medios cuando todos se habían puesto en tu contra. Nunca pudiste averiguar quién era y siempre permaneció en el anonimato. Sin embargo, estoy seguro de que si le hubieras llamado a René habrías salido de dudas.

Se abrazaron, aparentemente quedaron como amigos, y te retiraste.

Supongo que percibías que Remedios parecía mantenerse siempre al acecho, calculando o midiendo lo que pasaba a su alrededor, interpretando lo que la gente decía, cómo la miraban o qué significaba la postura del cuerpo de quien hablaba. El mundo era una madeja de signos que la desconcertaban, por lo que no era extraño que se mantuviera de mal humor y que sus reacciones fueran impredecibles. Yo sospechaba que padecía un trastorno de conducta, algo que podríamos llamar síndrome contrario de Clérambault, ojo, *contrario*, pues su comportamiento parecía ajustarse a esa posible enfermedad.

A la erotomanía se le conoce como *síndrome de Clérambault*, llamado así por el psiquiatra francés Gaëtan de Clérambault, quien publicó un extenso ensayo sobre ese tema, *Les Psychoses Passionelles*, en 1921. La parte esencial de ese síndrome es que la persona afectada mantiene la creencia *ilusoria* de que alguien, con quien cree estar relacionada, está secretamente enamorado de ella, y supone que le comunica su amor mediante sutiles señas, como la postura del cuerpo, la disposición de los objetos de la casa y otros actos inocuos. No es cierto, el supuesto enamorado no tiene la menor intención de relacionarse con esa persona, pero esta interpreta todo lo que él o ella hacen a su voluntad, y cree ver signos de amor en todos sus actos, quizá por ello también se conoce a este mal como *paranoia erótica*.[27] Si en esta definición sustituimos la palabra amor por odio, tal vez puedas entender por qué pienso que Remedios Salazar sufría un síndrome de

---

[27] Ian McEwan escribió una notable novela sobre el síndrome de Clérambault: *Amor verdadero.*

tipo contrario, la *odiomanía*, que se podría definir así: *Persona que mantiene la creencia ilusoria de que alguien, con quien sostiene una relación cordial, en realidad la odia secretamente, y puede convencerse de que ese alguien le comunica su odio mediante actitudes sutiles, y en vez de comprendida se siente amenazada y responde de manera paranoica a lo que es una fantasía personal.*

Lo que la Señora Salazar te dijo en la comida del Fondo —que su desacuerdo era muy viejo— prueba que desde siempre había visto en ti innumerables signos de odio hacia ella, unos trascendentes y otros inocuos, unos importantes y otros discretos. Estaba equivocada, pero tú no hubieras podido hacer nada para que reconociera su error: cuando la sensación de que nos odian se apareja con la falta de inteligencia, se engendra un ser salaz, tan vil que sólo advierte vileza en lo que ve y toca, no importa cuán ancho sea el mundo que lo rodea.

Sólo pensar en esa posibilidad te erizó la piel, y se te vino a la mente el gesto fingido de la Señora Salazar pidiéndote que aparcaran sus conflictos.

—Desde donde estaba usted no podía darse cuenta —le comentaste a Javier—, pero me miró de una manera que intuí que algo se le había ocurrido, que se percató, digamos, de que estaba a punto de dar un paso en falso si continuaba peleando conmigo. Apareció una mínima inyección de sangre en sus ojos y ahí, en su mirada, pude descubrir quién había sido desde siempre.

Por un instante calló, sólo te vio con precaución, con temor, con incertidumbre, lo que me hace sospechar que había decidido cambiar de táctica. Tampoco de eso tengo pruebas, te lo digo guiado por mi intuición, por el breve brillo que, según tú, atravesó su mirada, por lo que es

140

probable que en ese momento hubiera empezado a tramar la forma de vengarse de ti. Estaba enterada de demasiadas cosas de tu pasado, sabía de qué pie cojeabas, era consciente de lo bueno y lo malo que te pasaba, de tu orgullo, del prestigio profesional que habías adquirido en la UNAM, de que eras candidato a ocupar algún puesto importante en el próximo gobierno, tal vez el que ella tenía en la Conalib, incluso para dirigir Conaculta, había muchos rumores en torno a ti; no ignoraba el cariño que te tenía la gente, pero también conocía el desprecio que provocabas en grupos como el de *Letras Libres*, en incluso autores que te habías negado a publicar; estaba al tanto de que muchos periodistas te repudiaban a pesar de que en el medio universitario fueras querido; sabía que te gustaban las mujeres, que coqueteabas indiscriminadamente y que en una época tuviste muchos amores. Si acaso tengo razón, cuando te pidió que terminaran con sus desavenencias quería ganar tiempo para enfrentar, como deberías haber previsto, la batalla que se avecinaba: postergó su venganza, en efecto decidió aparcar sus diferencias, pero no para cuando dejaran sus puestos, como te dijo, sino para el momento en que hubieras hecho algo de lo que pudiera agarrarse para destruirte. Claro que no tengo pruebas, pero tengo indicios, anécdotas, las amenazas que tú mismo le recordaste a Javier, y creo que mi interpretación es altamente plausible: alguien, la Señora Salazar seguramente, planeó lo que iba a sucederte, se tomó su tiempo, recolectó información, tomó fotografías, y con ello armó un expediente.[28]

---

[28] Mientras te digo esto, imagino la mirada que le describiste a Javier Rodríguez, y tengo la impresión que desde entonces has observado ese cambio en personas que, al mirarte con descuido, dejan salir

Es inconcebible, pero después del pleito en el Fondo de Cultura te sentías muy seguro de ti, les habías contado a Hernán Lara, Nacho Solares y Gonzalo Celorio la amenaza de Remedios y la respuesta que le habías dado: "Yo puedo ser peor". Sabías que era una bravata, eras consciente de que te enfrentabas a alguien más poderoso que tú, y aun así te ufanabas de tu valentía. Iba a ser, como te dijo Anna mucho después, la pelea entre dos machos alfa. Sabías que tenías que ser cauto, y sin embargo albergabas un sentimiento que superaba el propósito de cuidarte: el orgullo de quien no se deja oprimir, la vanidad de enfrentar a un enemigo al que creías poder derrotar. Remedios era más poderosa pero tú más inteligente; ella era ruda y corriente, tú eras ágil, sutil. Al final saldrías triunfador, no lo dudabas. Fue una insensatez, como si Meursault se hubiera enfrentado con el juez que calificaba su caso: fue un desatino filosófico, un contrasentido literario: te asomaste sin consciencia al abismo, a las tinieblas.

Seguramente a causa de ese sentimiento, a lo largo del año que siguió tuviste un comportamiento al tiempo seguro y altanero, cercano y cariñoso con tus amigos, pero petulante con quienes no estaban cerca de ti. Tendrías que haber

---

una personalidad escondida que revela venganza y envidia. ¿Verdad que, sin poder evitarlo, sientes un miedo cerval y te dices: *Ahí está Remedios Salazar, la posesa del síndrome contrario al de Clerambault?* La imagen que me sugiere esa escena se parece a un cuadro que Andy Warhol hubiera podido hacer a partir de los ojos inyectados en sangre de Remedios Salazar, una pintura como la de las 168 bocas de Marilyn Monroe que pintó en 1962, si en ese cuadro el sexo y la muerte se abrazan en esa boca repetida, en este otro, el de las infinitas miradas que imagino de la Señora Salazar, el desprecio y la venganza alcanzarían una cercanía íntima en sus ojos ensangrentados de odio.

reconocido que haberte impuesto al miedo que te provocaba la Señora Salazar te envaneció tanto que provocó que apareciera uno de tus defectos más acuciosos: la fatuidad, por la que mucha gente se ha sentido despreciada por ti, lo que te ha ganado muchos enemigos.

—No me enorgullezco de ello —le dijiste a Javier, incómodo por reconocer ese error—; al contrario, me avergüenza, es algo de lo que no me doy cuenta y de repente ya estoy metido en un turbulento asunto de envidias y rencores.

Te acordabas, por ejemplo, de que en una ocasión habías quedado de ver a Anna en una exposición en el Centro Cultural Tlatelolco que se hacía en colaboración con el Centro de Cultura Contemporánea de Barcelona, el CCCB, llamada *Correspondencias*, de la que hablaba todo el mundo. Antes de salir una de tus secretarias se sintió mal, y a pesar de que ibas tarde, esperaste hasta que le trajeran una medicina que la hiciera sentir mejor; tu relación con las mujeres que hacían la labor secretarial de la Coordinación era óptima, y te interesaba hacerlas sentir cercanas; muchas veces les decías que estabas cansado, que trabajaban (ellas incluidas) demasiado y necesitaban vacaciones; las chicas se sentían en confianza, nunca les hablabas mal ni les pedías nada extraordinario, es más, te disculpabas si tenían que quedarse fuera de hora. Aunque el malestar de tu secretaria te retrasó, estabas contento de que se hubiera repuesto y te fuiste complacido; sin embargo, al llegar a la exposición y encontrar a Anna, tu actitud era la contraria, sin que se pudiera atribuir tu cambio a nada. Le diste un beso, ella te abrazó, le comentaste lo que había pasado con la chica y empezaron a ver la exposición; mientras recorrían las casetas de las *Cartas Visuales* (que en verdad eran bellas y originales),

143

se toparon con un par de galeristas amigos de Anna, quienes estaban impresionados con la exposición, y empezaste a contarles que habías sido el contacto con el CCCB, como si eso explicara la originalidad de la muestra.[29] En apariencia sostuvieron una conversación cordial, y sin embargo en tu crónica de cómo se había gestado la exposición (y cómo, gracias a que conocías al director del CCCB vino a México), había petulancia, una manera tangencial de decirles que sólo a ti se te podía haber ocurrido colaborar con esa institución catalana. Era una actitud que tú mismo calificabas de antinatural, que surgía inconscientemente. Creo que lo peor de todo era que te regodeabas en ser cercano a la gente que trabajaba contigo y pedante con los extraños. Revisando tu actitud, no me cabe ninguna duda: encontrabas un cierto placer en conducirte de esa forma. Tenías algo perturbadoramente narcisista.

Me sorprende el verbo que usé —*regodear*— para describir que fueras tan sencillo con tus secretarias y al mismo tiempo hubieras tenido ese tono engreído, aunque disimulado, con los galeristas. La realidad es que no podías parar, no sabías cómo detenerte, como ser otro, parecía que nunca

---

[29] El CCCB no era ni un museo ni una Casa de Cultura, era un centro creativo de difícil acceso, que buscaba presentar, en forma de exhibición, manifestaciones de arte poco comunes para un museo. En la que refiero, había querido mostrar cómo se gestaba el lenguaje cinematográfico, y convocaron a un grupo de cineastas para que se comunicaran a través de imágenes: un director joven, digamos que el mexicano Fernando Eimbcke, mandaba una carta visual, o sea, un video creado por él mismo, al coreano So Yong Kim, quien le respondía de la misma forma para iniciar un intercambio de mensajes, su *Correspondencia*. En la exhibición, el público podía ver los videos de uno y otro para, digamos, *leerlos*.

lo hubieras aprendido, y precisamente te *regodeabas* en la ignorancia de ti mismo.

Visto en retrospectiva, me resulta curioso que no fueras libre —petulante o bondadosamente libre— y que parecieras estar atrapado dentro de un molde impuesto desde fuera. ¿Por qué, me pregunto, seguías ese patrón y te comportabas como un maniquí?, ¿así te veía la gente, o eras tú el único que notaba esa rigidez emocional de la que no podías desprenderte? No lo sé, te lo digo sinceramente, la idea que tenía de ti, del hombre que habías sido en el pasado, no era esa, siempre te había visto como un tipo natural, a veces algo *naive*, un tanto vanidoso otras, pero nunca artificial; podía decir, incluso, que en alguna época habías sido un aventurero que se dejaba llevar por las circunstancias, y que aun algunas de tus escapadas sentimentales fueron aventuras divertidas; sin embargo, el retrato que acabo de hacer de ti rebosa artificio, actuación, carece por completo de naturalidad en cualquiera de sus extremos, la bondad y la prepotencia. No te dabas cuenta pero te habías convertido en un títere, en una farsa, lo peor: en una figura pública.

En abono de lo que acabo de decir, después de escucharte Javier te recordó una escena que vivieron en la Coordinación de Publicaciones, cuando te advirtió que Ruiz Elfego había escrito el famoso artículo en tu contra y tu intentaste explicarle por qué no ibas a responder: aunque le pareció que tu argumentación era clara, e incluso razonable, te aseguró que desde entonces algo de ti ya mostraba ese poso de altanería al que me referí. Se habían citado en tu oficina, me parece que regresabas de un viaje clandestino que hiciste con Anna Fante, nadie conocía su relación y habían pasado su primera noche juntos. No lo tengo claro, tendría que hacer memoria de qué pasó y qué fue lo que hablaron exactamente, sin embargo, Javier se acordó de que cuando él llegó, la puerta de tu oficina estaba entreabierta y te vio parado frente a la ventana, mirando hacia la reserva ecológica del Pedregal que se extendía frente a ti; parecía que habías quedado cautivado con esa mezcla de roca volcánica y vegetación desértica, como si contemplaras un paisaje extrapolado a Ciudad Universitaria. Estabas tan concentrado en tus pensamientos que no lo viste, y él no se atrevió a entrar, se quedó a unos pasos de la puerta observando tu pose indiferente, el gesto preocupado de tu cara, la cola de cabello cayendo sobre la espalda, con los brazos cruzados al frente, y la pierna derecha flexionada para cargar el cuerpo en la cadera izquierda. Tuviste, al escucharlo, una vaga visión de ti mismo, y te acordaste que vestías un saco gris de tweed, pantalones beige de gabardina, y un suéter con cuello de camisa, de tres botones, que usabas los días que no te ponías corbata. Quizás estabas pensando en si le ibas a contar a Javier tu historia con el grupo de Ruiz Elfego, tu rivalidad con sus compinches y el sentimiento de que eras un *outsider*. Tú creías fervientemente que te odiaban, no sólo Elfego, sino también Enrique Pérez Schneider, el biógrafo de Octavio Paz y secretario de redacción de su revista, y aquel artículo era parte de un complot organizado en tu contra, no te importaban sus argumentos, si tenían o no razón, lo único que veías en ellos era desprecio, desdén, no razón, su comportamiento era pedestre y no querías rebajarte a su nivel. Supongo que por ello, a Rodríguez se le vino a la cabeza esa imagen a propósito de lo contradictorio que resultaba tu conducta a lo largo del último año; a lo mejor, al verte, imaginó lo que ibas a decirle, o descubrió en tu postura (en el dejo de tu mirada, como descubriste en la de Remedios) que en la historia que le contarías se revelaba la dicotomía de tu carácter, y me pregunto (como seguramente tú mismo te preguntabas viendo la exposición, aquella noche en Tlatelolco) por qué te comportabas así si tus contradicciones te causaban cierta repulsa, por qué seguías adelante como si no sucediera nada, por qué no parabas en seco y hacías algo por evitarlas.

No puedo decir mucho más, aun para mí resulta un misterio.

Esa escena ocurrió cinco años antes, cuando acababas de incorporarte a la Universidad, y lo que entonces vio Javier, lo que tú mismo intuiste al ver la reserva ecológica, todavía estaba en germen, pero fuera lo que fuera, ese año, después de la pelea con la Señora Salazar en la comida del Fondo de Cultura, se había descontrolado como acabo de contar.

No me es difícil imaginar, por otro lado, que probablemente durante aquel mismo año, Remedios Salazar empezó a construir un supuesto expediente que sustentara el *caso* que quería fabricar en tu contra. Necesitaba buscar pruebas de un posible delito, construir el retrato del proceso y elaborar la secuencia de la acusación. La puedo ver trabajando pacientemente esos doce meses: deja de atacar a Anna, aprovecha una comida que le ha hecho a Hernán Lara (a quien acababan de premiar en España) para exhibirse como tu amiga y decir que Anna es la mejor conductora de la televisión mexicana. De esa manera nadie podrá sospechar lo que está planeando. La intuyo —puedo descubrirla— un año después, al cabo de aquel periodo, cuando tiene preparado el expediente y se percata de que la oportunidad que está esperando para darlo a conocer se la da el Premio de la Crítica que tanto te envanecía. Con los artículos de Ruiz Elfego tiene el pretexto —el *pre* texto— para empezar el escándalo que dará pie al *caso de moral pública* por el que te lincharán: tu literatura es *fake*, tus novelas son una copia.

Lo de las fotografías, los desnudos que alguien le ha puesto en bandeja vendrá después, será la puntilla que te liquide.

Puedo verlos: mientras la Señora Salazar arma su expediente, tú te bañas en soberbia, los dos, por vías diferentes, están cavando la misma tumba.

Nueve

Puede ser mi paranoia, pero la mera suposición de que todo pasó así me trae a la cabeza un filme alemán, *La vida de los otros*, donde se cuenta la historia de la construcción de un expediente y cómo se utiliza para destruir a un enemigo. Estamos en 1984, cerca del final de la República Democrática Alemana. El capitán Gerd Wiesler, un hombre huraño y solitario, es un competente oficial del servicio de inteligencia y espionaje de la Stasi (la otrora todopoderosa policía secreta del régimen comunista de la RDA), a quien su superior encomienda que espíe a la pareja formada por el escritor Georg Dreyman y la actriz Christa-Maria Sieland, ambos muy populares en el gremio teatral. Cuando Wiesler recibe el encargo piensa que la suerte lo ha tocado, el dramaturgo le parece sospechoso; la actriz, artificial, y él se ha preparado para desenmascarar a gente de esa calaña (al principio de la película vemos cuál es su método para que los sospechosos confiesen). Si hace bien su tarea, piensa Wiesler, no sólo hará justicia sino será ascendido. Se instala en el ático donde vive la pareja, siembra de micrófonos su departamento, y se dedica día y noche a buscar en lo que dicen alguna prueba comprometedora. Cuando descubre que las intenciones de su superior (por las que le ordenó llevar a cabo ese espionaje tan meticuloso) no son políticas sino que mantiene relaciones sexuales con la famosa actriz y sólo pretende alejarla de Dreyman, Wiesler empieza a dudar de la legitimidad de su oficio, pero no tiene escape y debe seguir adelante.

Lo que está detrás de la investigación es lo más interesante: no se trata de descubrir las desviaciones ideológicas del dramaturgo sino de construir un *caso* para exponerlo ante la sociedad y destruir su prestigio intelectual; de esa manera su amante no tendrá otra opción que abandonarlo y optará por la protección del superior de Gerd Wiesler. Da igual, entonces, el argumento, la prueba que obtenga, lo importante es el *caso* que haya construido: el juicio, el eslogan, el titular que justificará el calificativo de *inmoral*.

Al final de la película Dreyman ha escrito un brillante ensayo sobre los suicidios en la RDA, pero como sus perseguidores han conseguido otras pruebas en su contra lo dejan pasar, pues lo que menos les interesa son sus ideas: lo que quieren es invalidarlo a él, no a su posible verdad. Un poco arrepentido, Gerd Wiesler falsea el expediente que está construyendo y trata de proteger al dramaturgo, pero su superior ya ha obtenido pruebas contra la actriz, y ella, para no ir a la cárcel, delata a su amante. El drama está listo y la autoridad podrá actuar sin reparos: hay un expediente *moral* contra el famoso autor teatral; la actriz no tiene más alternativa que acogerse al amparo del superior de Wiesler, y este tendrá que reconocer que traicionó al Estado.

Finalmente nada será como el espectador espera, y la última secuencia tiene sabor buñuelesco: Christa-Maria Sieland es arrollada por un vehículo, Dreyman no sabrá nunca que lo denunció, los esfuerzos de Wiesler por protegerla fueron en vano, pero tampoco podrán inculpar al dramaturgo.

En su libro *HHhH*, Laurent Binet analiza el proceder de los jerarcas nazis cuando querían hundir a sus enemigos, y cita el caso de un contrincante político de Reinhard

Heydrich, el temible jefe de la SS que ideó la "solución final" para el exterminio de los judíos.[30] Para explicar su proceder (lo que también aplica para comprender las entretelas de *La vida de los otros*), Binet narra un momento en que el protagonista debe hundir a un rival político, no tiene pruebas en su contra pero decide buscar algo que le permita construir un *caso* que lo desprestigie. Heydrich manda investigar al barón Fritch (el tipo al que quiere destruir); le da lo mismo si encuentra algo de él o de alguien que se llame como él, un homónimo, digamos, que tenga cola que le pisen, pues con los datos que obtenga dará forma a un expediente en el que se encuentren pruebas que lo inculpen; no importa si las pruebas se refieren a errores administrativos o fallas legales, ni que sean de otro Fritch, pues cualquier documento le permitirá iniciar el *caso* a partir de una acusación "más humillante para el viejo barón Fritch... porque lo compromete en *un asunto de moral pública*" (las cursivas son mías).

No quiero decir, ni siquiera insinuar, que quienes te atacaron pretendían hacer algo de la dimensión nacional que Heydrich buscaba hacerle al barón Fritch, o Gerd Wiesler al dramaturgo Dreyman, ni mucho menos equiparar tu caso con el de las víctimas del nazismo, pero sí que quienes te atacaron buscaban *denostarte moralmente*, y que para llevar a cabo sus propósitos crearon una suerte de *caso* a partir de las viejas críticas que te hizo Ruiz Elfego, pues necesitaban presentarte como una persona doble, que pregonaba una cosa y hacía otra, un tipo sin escrúpulos que aspiraba a la

---

[30] La inicial del nombre de Heydrich, H, es la que aparece repetida en el original título de la novela, que es un acrónimo de una popular frase del Tercer Reich: *Himmlers Hirn heist Heydrich*, "el cerebro de Himmler se llama Heydrich".

fama y tomaba lo que no era de él. Era el método del infundio: construir *un asunto de moral pública* a partir de la creación de un expediente (los artículos de Ruiz Elfego), que presentados en oposición a la concesión del Premio de la Crítica provocarían que la gente olvidara la acusación original (el plagio en un puñado de artículos) y que los dos libros premiados, sin razón que lo sustentara, fueran acusados de lo mismo: de plagio. Debo agregar, empero, que tienes que darte cuenta de que no iban a quedarse allí; si fueron capaces de mandarle tus fotos a tus hijas y a todas las personas que las recibieron, es que no sólo querían *denostarte*, como dije antes, sino que buscaban tu destrucción moral, que te humillaras en tu círculo íntimo; pretendían que no volvieras a levantar la cabeza, que tuvieras que irte del país (como lo hiciste por unos meses), y que nadie te volviera a dar una oportunidad en el mundo cultural. Lo suyo, fuera quien fuera el autor intelectual, se originaba en un odio visceral, de entraña, de mala sangre.

Si las cosas fueron como te estoy sugiriendo, si después del coctel de Conalib, sin una razón cierta, aquella funcionaria de Bellas Artes te pidió que esperaras hasta el lunes para dar a conocer una noticia que ya era conocida, estarás de acuerdo en que es justo preguntarse si durante el fin de semana que siguió alguien tuvo la iniciativa de rescatar los artículos en que se te acusaba de plagio para sustentar el supuesto expediente armado en tu contra. Pudo haber sido idea de Ruiz Elfego, y en tal caso todo se reduce a su propósito, bien o mal intencionado, de demostrar *su verdad*; pero también pudo habérsele ocurrido a otros y Elfego sólo fue el alfil que alguien o algunos usaron; quizá fue alguien de *Letras Libres*, por ejemplo, Enrique Pérez Schneider, quien sabías que no te tenía en buen concepto; o el mismo Rafael

Seide, que escribió aquel artículo donde te calificaba de mediocre y personaje de la picaresca intelectual (¿puede haber mayor desprecio?), pero no hay manera de probar la responsabilidad de ninguno, y su imagen pública los exculpa; tuvo entonces que ser alguien con intereses aviesos, dispuesto a invertir el dinero que requería encender a las redes sociales a través de los *bots*, alguien que, al tener peso sobre la organización del Premio de la Crítica pudiera haber hablado con el presidente de la Sociedad Alfonsina para que cambiara la decisión del jurado, y no puedo más que sospechar de la Señora Salazar, pues ella tenía el poder y los motivos: te había amenazado de hecho de que podría llevarlo a cabo. La dimensión de los hechos y el derrotero que tomó la acusación así lo hacen suponer. ¿Cómo se explica, por ejemplo, que el periódico *La Razón* haya dedicado tres primeras páginas, a ocho columnas, a tu *caso?*, ¿la noticia era tan vendible?[31] Por otro lado, ¿cómo se hace para que un asunto tan pequeño provoque en un día una oleada de más de sesenta mil tuits, que en 2012 era una cifra alucinante? Es cierto que la gente en las redes sociales se enciende pronto y reacciona a la menor provocación; los tuiteros son la quintaesencia del hombre masa que describió Ortega y Gasset, un hombre al que le caracteriza no su forma de pensar sino la ausencia de pensamiento; a quien sólo le queda el resentimiento para emitir un juicio condenatorio. El hombre masa cree que está en lo correcto, no necesita justificación, y como

---

[31] Dos meses después, cuando ya nadie hablaba del asunto, *La Razón* volvió a traer tu *caso* a los titulares, culpándote de fraude, exhibiendo pruebas falsas —como quedó más que demostrado— tratando de resucitar el odio que la gente te tenía. ¿Era creíble que nadie les pagara?, ¿que lo hicieran de forma independiente? A lo mejor, pero queda la duda.

es experto en el lenguaje de la infamia, descarga su ira en textos anónimos: el tuitero ideal, no lo puedes negar, que se ensañó contigo.

Por eso vuelvo a preguntarme, ¿tu falta fue tan grave?, por más que los tuiteros no supieran ni pudieran pensar, ¿plagiar unos renglones de artículos intrascendentes, sin valor académico, daba para encender a tanto hombre masa? Y me contestó que no, pero también me percato de que haber llevado a cabo esos plagios tan sin chiste denota una conducta profundamente frívola, y ahí está la paradoja de tu situación: nunca asumiste el peso de tu ligereza (perdón por el oxímoron), y tu frivolidad provocó esa respuesta tan frívola de tus enemigos en las redes sociales. En *La vida de los otros*, Dreyman no tiene resbalones, es un hombre que se sabe observado y no se permite una distracción, mucho menos un acto tan frívolo como copiar un párrafo, aunque, como tú alegabas, sólo tuviera información intrascendente. Fíjate, es muy posible que en efecto hubieras sido objeto de una conjura, y todo por un error tan tonto, tan pequeño. Si quien la planeó no queda muy bien parado, tampoco tú sales bien librado.

Por otro lado, me gustaría llamar tu atención sobre la situación en que todo esto se produjo. Cuando tu padre abrió Súper Ediciones S. A., México era un país que confiaba en su futuro e intentaba fortalecer su clase media vía la cultura. La lectura se había convertido en una obsesión, el presidente López Mateos acababa de lanzar su campaña alfabetizadora y había instituido el libro de texto gratuito en todas las escuelas, públicas y privadas. Medio siglo después, cuando el Partido Acción Nacional, la derecha clerical de México con aspiraciones supuestamente liberales, ganó su segundo periodo presidencial y se afianzaba en el poder, todo era

154

distinto y al presidente Felipe Calderón sólo le interesaba ganar la guerra que lanzó contra los narcotraficantes, guerra que sumió a México en una ola de violencia que ha costado más vidas que la revuelta cristera. El saldo ha sido una crisis social, moral, e intelectual, que ha generado un comportamiento cínico en todas las capas sociales, y ahora cualquiera se siente con derecho al vandalismo en las calles, en las redes o de puertas adentro, en su misma familia. La cultura ha dejado de ser el motor de la sociedad, la lectura no le importa a nadie, las bibliotecas están abandonadas y la politiquería ha sustituido la promoción cultural. Tú eras consciente de que lo único que parecía interesar a los funcionarios del PAN era que la derecha se afianzara en el poder bajo cualquier procedimiento. Fueron ellos los que dieron carta blanca al cinismo social. En ese ámbito, en esa cultura política, también cobijada por la Conalib, ocurrió tu *caso*, y me siento con derecho a dejar claras dos cosas: primera, que atrás de lo que te sucedió parece haber un expediente, una venganza personal, un instigador que quería llevarla a cabo; y segunda, que aunque tú te propusieras como un funcionario diferente, culto y sagaz, que hubieras cometido esos pequeños plagios demuestra falta de solidez e integridad.

En cualquier caso, fuera quien fuera ese instigador (en caso de que hubiera existido *ese* instigador), después de repasar la cinta alemana y el argumento de la novela de Binet, me percato de que en tu defensa cometiste un error (otro error, tan garrafal como los que ya te señalé), pues sólo argumentaste contra la acusación de plagio, que a nadie le importaba si era cierta o falsa, ni el tamaño o gravedad del delito (como en el caso del dramaturgo Dreyman, no les importaban sus argumentos sino tu prestigio), pues lo que se había logrado a partir de los artículos de Ruiz Elfego

—sobre todo después de tu entrevista con Carmen Arreguín— era invalidarte social, cultural y personalmente, y nunca refutaste esa acusación. Jesús Márquez había logrado, por ejemplo, que su argumento fuera cierto: escribías a partir de *letras ajenas*, no importaba cuáles, ni la cantidad ni el significado de *esas letras*, el hecho no sólo era inmoral sino que constituía la peor falta que un escritor puede cometer, cuantimás en la Universidad. Lo que tú argumentabas no era para negar el hecho sino para medir la dimensión de tus errores: las *letras ajenas* aparecían en unos cuantos artículos, lo aceptabas, pero tu literatura, en conjunto, no era ajena sino propia. Esa defensa, en vez de salvarte, te hundía cada vez más, pues aun aludiendo al método del proyectoscopio, el mentado palimpsesto que usaba Ponchete, aceptabas la presencia de esas *letras ajenas*. No te percatabas de que tu error ya había sido juzgado y te habían encontrado culpable. En el diálogo que mantuviste con Carmen Arreguín, por más que querías explicarle en qué consistía tu falta, ella se obstinaba en afirmar que hubieras hecho lo que hubieras hecho o cuándo y en dónde lo hubieras hecho, *el hecho de copiar*, no *la cantidad copiada*, era indigno de un funcionario universitario —no se trataba de los plagios sino de tu calidad moral— y tus argumentos frente al tamaño de la acusación resultaban tan irrelevantes que el mismo Jenaro Albarrán se burló de ti al ritmo de *Sergio el bailador*. Quizá debiste usar la palabra linchamiento en tu defensa, pues eso era lo que estaban provocando, un linchamiento; tal vez hubieras tenido que aludir a que los articulistas atacaban a la Universidad vía tu persona; tal vez lo mejor hubiera sido declararte culpable, no defenderte, aceptar los plagios y dejar a tus enemigos sin argumentos. Pudiste hacer y decir algo efectivo, pero no lo hiciste.

De nuevo, la lengua se te quedó pegada al paladar.[32]

Caíste en la trampa de tu propio orgullo: te defendías en un nivel donde no tenía caso defenderte (y lo hacías con tal torpeza que era mejor que ni siquiera lo hubieras intentado); y en el otro, en cambio, en el que subyacían las razones verdaderas que sustentaban sus acusaciones, no te defendías. Lo peor del caso es que en ese nivel sí eras culpable, y tu fatuidad era la prueba. Era la dicotomía de la realidad en que estabas entrampado. Tu *caso*, como pensaste alguna vez, era una fetua chiquitita: te había roto la vida, injusta del lado donde eras inocente y certera en el otro, donde eras culpable. La paradoja se podría plantear así: el linchamiento de las redes era injusto por la misma razón que implicaba un linchamiento, y por el argumento que usaron en tu contra —el plagio—, que era al menos exagerado y no daba lugar al tamaño del castigo; sin embargo, las razones interiores, las razones subsumidas —la fatuidad, el orgullo, la frivolidad, las infidelidades que demostraban las fotografías que le enviaron a Anna, la prepotencia con que habías actuado, todo aquello que derivaba de tu ego— eran ciertas y debías dar cuenta de cada una.

---

[32] En el artículo de Abenshushan y Amara que cité páginas atrás, hablan de la mediocridad y torpeza con que te defendiste. "Es verdad que Sergio Soler ha desaprovechado la ocasión de hacer una sustanciosa o al menos cínica defensa de su *modus operandi*, y ha optado por renunciar y alejarse de la discusión como un ave abatida que arrastra sus alas por el suelo". Tienen la razón, su imagen es exacta: habías sido abatido y no pudiste dar esa batalla (que sabías se avecinaba) como en otro momento hubieras podido hacer. Te hago notar que al momento que hago este recuento, es algo que sigue esperando tu respuesta.

El día que murió tu padre supiste que habías ido acumulando una serie de deudas cuyas facturas te habían puesto enfrente en el momento miserable del ataque, y recordaste algo que Gabriela Martínez Vara te dijo después de su separación: "Vivir es como ir al supermercado: antes de salir hay que pasar por la caja y pagar lo que te quieres llevar". Quizá, cuando la escuchaste, pensaste que había querido decir que se separaban por alguna deuda que ella había contraído, pero de repente te percataste de que se refería a ti, al marido que la dejaba, porque en algún momento tendrías que pasar por la registradora para pagar lo que habías puesto en tu carrito del súper al abandonarla por Anna Fante. Al recordar esa sentencia tuviste la impresión de que la novelita que habías escrito en Barcelona cobraba cierto sentido para comprender el origen de esas facturas, y que otro relato —en que ibas a narrar tus amores con Anna— acabaría por dárselo.

No le habías dicho a tu padre nada de estas sospechas, hubieras querido darle una versión del suceso en que quedara claro que alguien te había atacado sin necesidad de nombrar a la Señora Salazar ni a ninguno de los posibles conjurados, pues de haberlo hecho, pensabas, lo habrías sometido a un esfuerzo que no iba de acuerdo a su edad y condición, pero no encontraste cómo hacerlo y preferiste callar. Era evidente que en tu largo relato también habías suavizado tu responsabilidad, que le habías hecho ciertas confesiones, pero al final habías protegido lo que llamabas *tu integridad*. No sabías que iba a ser la última plática que tendrías con él —la última de una serie que habían sostenido a lo largo de la vida, desde que eras pequeño, tal vez desde los tres años cuando te enseñó a leer, pasando por la adolescencia, la juventud y tu supuesta madurez, hasta ese momento final— y que quizás iba a ser la conversación más importante, la más trascendental, por decirlo así, que hubieran sostenido jamás.

Tampoco supiste por qué, en el momento en que tu papá bajó la cabeza, se quedó mirando el suelo, y te mostró el dolor que le causaba haberse enterado de aquellos hechos, intuiste que en su mente había surgido una idea, una intención todavía confusa, que iba a trasformar tu futuro. Volviste a pensar en la mirada de Remedios Salazar y quedaste muy confundido. "¿En qué te puedo ayudar?", te preguntó. Estaba tan derrotado como tú, y por fin sentiste que por aligerar tu confesión le escamoteabas la verdad, que te habías escudado en su debilidad, en su vejez, para justificarte, para, como siempre hiciste, mantener la verdad al fondo de la perrera, como le sugirió el bufón al rey Lear. ¿Ibas a dejar a tu padre en ascuas después de que te pedía que le dijeras en qué te podía ayudar? "Mira papá, es probable que, como tú dices", te atreviste a argüir, "hubiera habido mucha envidia por parte de quien me atacó, y eso explicaría su comportamiento. Su mediocridad también es patente y no la voy a disculpar, pero yo me busqué lo que me sucedió, porque soy un frívolo, porque me sentí impune, porque me tomé a la ligera mis artículos, porque creí que no era importante". Le contaste entonces una breve experiencia que nunca habías revelado. Estabas en el estudio de tu departamento en Barcelona, durante aquel sabático que tomaste con Gabriela Martínez Vara con la intención de escribir; la perrita que tenías entonces, *Medea* se llamaba, se asomó a la puerta y te miró; era un animal que te observaba fijamente como si supiera algo de ti que tú desconocías; estabas escribiendo uno de tus artículos sabatinos y acababas de hacer *eso* de lo que te acusaría Ruiz Elfego, pegar a tu texto un párrafo que habías copiado de otro artículo, el famoso *copy-paste*; volviste a leerlo, miraste a la perra, que no te quitaba la vista, y te volviste a la ventana para observar a un grupo de jovencitas que caminaban ruidosamente rumbo a la cafetería de abajo; tu departamento estaba en el entresuelo, encima de esa cafetería, lo que te permitía observar la manera desparpajada con que llegaban los estudiantes a media mañana para tomar un refrigerio; te llamó la atención que casi todas las chicas llevaran blusa corta y dejaran el vientre al aire, para que, entre la blusa y la falda, su ombligo descubierto se convirtiera en un imán para quien las observaba; sonreíste, y sin saber por qué se te vino una pregunta a la cabeza: ¿qué pasaría si alguna vez alguien descubría que copiabas?, ¿que en tus textos ese *copy-paste*, como el ombligo de esas muchachas, dejara al descubierto tu falta de originalidad, tu pereza, la frivolidad con que actuabas? No te contestaste nada y seguiste escribiendo. Bien dicen que antes de un problema, Dios nos envía la solución pero que normalmente la dejamos ir. "Yo sabía desde entonces que todo esto me iba a pasar, papá, tuve si tú quieres una premonición, y en esa ocasión pude haberme dado cuenta de lo que me iba a suceder, pero preferí no hacer caso y dejarlo ir". Tu padre te miraba apretando los puños, con los ojos húmedos, mientras ese sentimiento confuso que te invadió desde antes de empezar a hablar seguía tomando forma; a lo mejor no quería escucharte, pero ya no era momento de detenerse, tenías que terminar. "Lo mismo puedo decir de mis infidelidades con Anna: se podrá decir lo que quieran de ella, podrán pensar que fue una calamidad que le enviaran las fotos, que no se dio cuenta de la gravedad de mi situación, pero la verdad es que le mentí, le mentí como nunca antes le mentí a otra mujer, con alevosía y ventaja, como se dice. Le había prometido que no la iba a engañar e hice todo lo contrario. No pude mentirle más. Estaba obsesionado con el sexo, no sé por qué mi pequeño poder me había envalentonado. Es cierto que no violé a nadie, que yo creía que el proceso de la seducción era consensuado, pero más de una mujer pudo sentirse violentada por mí; una de las secretarias, por ejemplo, a quien intenté besar, me renunció. Creo que ni siquiera la toqué, pero me acerqué a su boca y ella se asustó, le pedí perdón y aceptó mis disculpas, pero el daño estaba hecho. No me daba cuenta de que me encontraba frente a ella, frente a ellas, en una situación de poder; eso me avergüenza, no era digno de mí, pero lo hice, ¿qué te puedo decir?, no podia parar. Sí, alguna quiso aprovecharse de esa situación y me provocaba, pero qué más da, tampoco me ennoblece en lo más mínimo, y mucho menos me justifica. ¿Cuántas fueron?, no lo sé, si pudiera, debería buscarlas para pedirles perdón. Ya lo he hecho con algunas pero nunca será suficiente. Si esta conversación es una expiación, si esta noche vine a contarte la verdad como nunca antes pude hacerlo, lo menos que puedo hacer es reconocer mi conducta. Nada de esto justifica la envidia que me tenían, tampoco el envío de las fotos, ni hace menos culpables a quienes me calumniaron, pero explica de fondo que, por mi frivolidad, por haberme quedado viendo los ombligos de aquellas jóvenes que pasaban bajo mi ventana, no hubiera sopesado lo que hacía. Siento decírtelo, pero la mediocridad estaba de mi lado. ¿Qué más daba entonces que me tuvieran envidia?".

Ya estaba, al fin dejaste salir al perro del fondo de su guarida para que saliera a ladrar. Tu padre bajó la mirada, ante lo que acababas de confesar tenía que ocultarte su dolor, extendió el brazo y te apretó el hombro. "Gracias, papá, no hagas nada más por mí, con escucharme ha sido suficiente", concluiste con un escalofrío, pues su mirada, la nueva mirada de tu padre, aunque plena de amor, te había estremecido. "Si quieres", agregó él compungido, "ven a comer todos los días, al menos te ahorrarás ese dinero". Tenía los ojos enrojecidos, era un anciano que intentaba ser fuerte y decidido. Fue conmovedor más allá de los hechos, más allá de los sentimientos con que contenía las lágrimas, y te invadió una enorme ternura, sabías que quería ayudarte, escucharte había sido mucho, pero él quería darte algo más, y no te diste cuenta de que su propuesta —que fueras a comer con él todos los días— era la forma de expresar esa idea que empezó a surgir en su cabeza: había decidido ayudarte a costa de lo que fuera.

¿Qué más podías decirle? Habías venido en busca de algunos remedios (lo que, dado lo que sucedió con la *Remedios de a de veras* resultaba cómico), y los habías obtenido sin duda, pero ahora eras tú quien necesitaba remediar el estado emocional en que dejabas a tu padre. Volviste la mirada y observaste un afiche colgado en la pared, un collage que tu papá había compuesto con varios dibujos de la historieta de la que se sentía más orgulloso, *Jonnhy Galaxy*, una especie de Flash Gordon que visita varios planetas del universo y tiene un sinfín de aventuras. Viste la figura atlética de su héroe, las mujeres que le rendían sus encantos, los monstruos con los que se topaba aquí y allá, y los ojos flotantes, esa suerte de drones que vigilaban lo que sucedía en cualquier sitio de aquel mundo fantástico. Esa historieta se publicó en el suplemento de historietas de *El Heraldo de México* que él dirigía, y tiene el mérito de haber sido concebida mucho

162

antes que *La guerra de las galaxias*, la saga de George Lucas, con la que tenía mil coincidencias. En esa historieta estaba la esencia de tu padre, toda la fantasía desbordada en que transcurrió su vida. *Jonnhy Galaxy* era más que un alter ego, era la cifra de sus ilusiones, quizá toda la habitación en que se encontraban lo era: su restirador, sus libros, sus archiveros con los recortes de historietas de los años cincuenta y sesenta, la televisión en que veía sus cintas en formato VHS; todo estaba ahí, donde tú habías venido a contar la encrucijada de tu vida, quizá la coyuntura de su mutuo destino. En eso se había transformado su habitación, en la coyuntura de un destino apenas descubierto, donde unas semanas después te encontrarías con Javier Rodríguez para contarle lo que había sucedido. En ese cuarto había muerto tu madre muchos años atrás, aunque ahora la habitación estaba irreconocible, al punto de que no quedaba nada que la recordara, pero igual, el dolor, la vida que se va, te la traía a la memoria. Aquella noche, la mirada de tu padre, la última que echaría sobre ti, te sobrecogió y no pudiste agregar nada. Hoy que estás contando de nuevo aquello, también estás sumido en el silencio. ¿Quedaba algo por decir?, ¿podrías explicar por qué la mirada amorosa, esa mirada inédita de tu papá, te produjo aquel sobrecogimiento del alma?

Se levantaron, tu papá tomó su andadera, y encorvado, a paso cansado, te acompañó a la puerta. Quisiste abrir, pero él no te lo permitió. "Deja", dijo con autoridad, tomó el manojo de llaves, las palpó hasta encontrar la adecuada y la metió en la cerradura. "Sabes", te comentó mirándote a los ojos, "ya estoy muy viejo y vivo en un mundo con muchas limitaciones, pero eso, al mismo tiempo, me permite ver cosas que nunca había visto". Se calló e inspeccionó tu rostro como si quisiera descubrir tus emociones. "Tú y tus hermanos creen que cuando digo que tu mamá me visita se debe a mi delirio, que lo creo porque ya estoy viejo y he perdido el control, pero no es así, soy un anciano pero controlo mejor que nunca lo que me sucede". Estaba haciendo un gran esfuerzo y le acariciaste la mano que reposaba sobre la andadera. "Acepto lo que has dicho, me parece muy valiente que lo hayas hecho, pero sigo pensando que lo que te sucedió se debe a la envidia que te tienen, y que tus enemigos son una punta de mediocres. No es algo nuevo, pero lo importante es que sepas que en esa envidia hay un mensaje, no sé cuál pero lo hay, y también hay un mensajero, lo veo con claridad, como cuando vi el reloj una de las veces que tu mamá me visitó y me di cuenta que marcaba la hora en que murió. No hay casualidades, m'hijito: mi papá, tu abuelito Josep, me lo dijo muchas veces, la casualidad es una cita con el destino. Me ha llevado la vida confirmar que tenía razón. Sé que estás sufriendo pero no te sientas una víctima. Haría tu derrota más grande. Mejor piensa en el mensaje, en el mensajero. Yo te voy a ayudar a descifrarlo".

Se despidieron con un gran abrazo, lo besaste en la frente, le diste las gracias por escucharte, por sus comentarios, por su esfuerzo, y te fuiste. Ibas a verlo otras dos o tres veces, comerían en su casa, hablarían por teléfono, pero no comentarían ni el mensaje ni el mensajero que te había anunciado, y ahora, este 23 de septiembre de 2012, te das cuenta de que en aquel momento te despediste de él para siempre y sus últimas palabras fueron una herencia: *voy a ayudarte a descifrarlo.*

—Mi papá tuvo razón —le dijiste a Rodríguez—, ¡qué mediocridad!

Qué mediocre, qué mísero todo, tú y tu prepotencia, incluida la frivolidad que no te permitió enfrentar tus errores; qué mediocres tus amores con Anna Fante, encubiertos de falsedad y mentiras; qué mediocre Ruiz Elfego, que con tal de atacar a la Universidad te había denostado; qué mediocre el presidente de la Sociedad Alfonsina, que tuvo que inventar una reunión del jurado para exigirte que renunciaras; qué mediocre Pérez Schneider, que dijo que no iba a meterse en el asunto cuando ya estaba preparando el número que acabó con el escaso prestigio que te quedaba;[33] qué mediocre "Chucho" Márquez, quien te atacó para satisfacer su resentimiento y desprestigiar al rector Narro; qué mediocre el intocable Rafael Seide, que presumiendo de católico se rebajó hasta convertirse en un inquisidor cualquiera; qué mediocre la Señora Salazar, acumulando un rencor de años, cuya visón de la cultura pasaba por el tamiz de su enorme vanidad y ambición; qué mediocre la intelectualidad mexicana, que, como decía García Márquez, se atacaban todos contra todos hasta que estuvieran destruidos.

En la novela que escribiste sobre la muerte de tu madre hay un momento en que, al verla en cama, débil hasta la ignominia por la tortuosa operación que acababa de sufrir, te percataste de que hasta ese día juzgabas todo lo que le había pasaba a ella como algo propio y no como algo ajeno. "Siempre había considerado su vida desde mi propio mundo interior y nunca desde el suyo. Durante tanto

---

[33] Después de que Ruiz Elfego y Seide publicaron sus artículos en sus blogs, Enrique Pérez Schneider vio al rector Narro, le dijo que era ajeno a la disputa contigo y prometió que la versión impresa de *Letras Libres*, que estaba a su cargo, no se iba a meter, y sin embargo, en el siguiente número le dedicó una amplia sección a tu *caso*, reprodujo el texto completo de Seide, alguno de Ruiz Elfego, y agregó una crítica malintencionada de un jovencito de apellido Lemus, que trataba de justificar, literariamente, que te hubieran quitado el Premio de la Crítica.

tiempo había sido parte del infausto guiñol que se representaba en mí, que nunca me había dado tiempo para saber los tormentos que ella vivía, el dolor de sus pasiones, los despropósitos de su inconsciente". La confesión que acababas de hacerle a tu padre te había devuelto a ese mismo guiñol que se representaba diariamente en ti, y ni siquiera te habías detenido a identificar al mensajero y descifrar su mensaje cuando lo tuviste tantas veces frente a tus narices. "Pude sostener esa farsa", escribiste en aquella novela, "hasta que el cáncer la desenmascaró", y viste la vida de tu madre tal cual era. Tuviste que sufrir esta enorme caída y que tu padre muriera para desvelar esa farsa: la de haberte ahogado en tus ambiciones buscando un reconocimiento que sólo tú hubieras podido darte.

Es verdad: qué mediocre resultaba tu vida.

Salieron a la calle de madrugada, habían estado conversando muchas horas y a Javier y a ti se les notaba el cansancio. Antes de salir de la habitación fuiste al restirador para recoger algo de tu papá. "Siempre que lo recuerdo tenía un pincel o un lápiz en la mano, a veces se ponía el otro en una oreja", le dijiste. "Un pincel y un lápiz, los objetos de su alma". Apagaste la luz y se fueron.

En la calle, Javier te estrechó la mano de manera especial, se notaba que estaba conmovido, y volviste a pensar en Ismael, el narrador de Moby Dick. Apenas había dicho unas cuantas palabras frente a la incontinencia verbal en que estuviste atrapado a lo largo de la noche. Quedaron de encontrarse pronto, empezó a caminar en sentido contrario, pero de nuevo tu voz lo detuvo: "Ahora me doy cuenta de que el 2 de octubre de 1983, el día que murió mamá, también salí de su departamento de madrugada. No sé a qué, pero me paré en este lugar, vi la calle como ahora y escuché este mismo silencio. Han transcurrido casi veintinueve años desde entonces, en realidad faltan 9 días para que sean veintinueve años. Ahora soy huérfano de verdad, no importa la edad, no se necesita ser niño para ser un huérfano total, sino que tu padre y tu madre hayan muerto, que es mi caso". Estabas seguro de que habías quedado preso en ese momento sin tiempo que intuiste al descubrir el cadáver de tu papá, ese instante dónde uno es extranjero, como lo fue Meursault, como lo fueron tu padre y tú en los instantes críticos de la vida.

—Sin tiempo. *Timeless* —dijiste en voz baja.

Quedaba el olor de la ausencia en cada palabra que decías. Ya habías vivido eso, lo sentiste cuando al percatarte de que la habitación de tu padre era, y no, la misma en que murió tu mamá. El dolor por el deceso de tu progenitor esa mañana era una prolongación del que te embargó hacía veintinueve años y te llevó a escribir tu novela más conmovedora. El tiempo se había diluido y tuviste la impresión de que tu mamá acababa de morir y tu padre la había seguido de inmediato. El tiempo era una falacia donde quedaba el aroma de una ausencia que se transformaba en otra ausencia. Una cicatriz que se abre para no crear otra cicatriz. El mismo dolor, la misma ausencia, las costuras de la memoria.

—Con respecto a lo que dijo mi padre… Ahora sé que el mensajero fue Remedios Salazar. No sé si fue la culpable, pero seguro que fue el mentado mensajero, aunque todavía no puedo descifrar el mensaje que quería darme.

La Señora Salazar había sido la persona que quizás había ordenado tu persecución, pero que paradójicamente te iba a permitir calibrar tus errores para redimirte. ¿Era una contradicción o una realidad profunda?, ¿hay una realidad

167

más allá de esta realidad?, ¿a ello se refirió tu padre cuando te dijo que podía ver cosas que nunca antes podría haber visto? Si era el caso, te darás cuenta de que Remedios Salazar fue como un sable de doble filo, por el lado de arriba quiso arruinar tu vida y mandó construir tu expediente, tuvo una conducta cruel y vengativa, que llevó hasta sus últimas consecuencias, al punto de haberte casi destruido; pero al mismo tiempo, con el filo del lado opuesto abrió una tajada en tu percepción que te iba a permitir desvelar las miserias que no querías ver en tu carácter. ¿Te acuerdas que en las clases de kabbalah que habías empezado pocos meses antes, tu maestro David Itic hablaba de la perspicacia con que debemos analizar lo que nos sucede? "Nada es lo que aparenta", dijo, "la realidad que vemos es huidiza, nuestros sentidos nos engañan. Quien se conforma con ver no puede mirar". Sin que tampoco Remedios lo supiera, al mismo tiempo fue el instrumento, la vía por la que iban a ser castigados y redimidos. En este plano, por llamarlo así, ambos se equivocaron, no era necesario que aparcaran sus conflictos, como ella sugirió, lo que necesitaban aparcar eran sus egos, que tontamente habían entrado en colisión: se condujeron como si no pudieran coexistir, era ella o eras tú. Al final, repito, se equivocaron, aparentemente ella, su ego, te eliminó, pero no fue así, su destrucción fue mutua. Anna tuvo razón, fue la lucha a muerte entre dos machos alfa. Tuviste que llegar a esa noche en que murió tu padre para comprender su último consejo e intentar recuperarte; es posible que Remedios siga lidiando con su ego, revolcándose en el pantano de sus ambiciones, no lo sé, espero que no.

—Sabe, Ismael —dijiste mirando al fondo de la calle, llamando a Javier así, Ismael, porque su nombre real se había borrado de tu mente—, por mi cabeza acaba de pasar la idea de que el tiempo calibrará el asunto del plagio, pero que para resarcir el desbarajuste causado por mi ego tendré que recorrer un largo camino, *The long and winding road*, que dirían los Beatles, y hasta que lo haga público seré absuelto. Presiento que tú me vas a ayudar.

Pensaste en la remota madrugada en que habías salido a esta calle después de que muriera tu madre, buscando algo, con desasosiego o con calma o ausencia, no sé. Intuiste que algún sedimento dentro de ti empezaba a tener cierta consciencia de que, durante la noche de la confesión que le hiciste a tu padre, pudiste entrever lo que ibas a descubrir en este momento: mientras tú te aferrabas a la construcción de tu ego, tu papá lo había demolido; durante esos años en los que ascendías a lo que llamabas el pináculo de tu fama, la vejez había conducido a tu padre a las llanuras de la humildad: mientras tú te desbarrancabas él había ascendido. La demolición del ego es una elevación, quizá debería ser el objetivo de la vida. ¿Habrías tenido este atisbo de lucidez aquella noche que murió tu mamá, ese 2 de octubre de 1983, en que estuviste ahí, solo, desasosegado o en calma o ausente? Es probable, pero ahora, bajo la luz que caía desde una farola, ibas conformando una nueva certeza.

"Ya me estás ayudando", te dijiste en silencio, recordando la novelita que habías terminado sobre el hechizo que la luna ejerce sobre los hombres, pero sobre todo, la que empezaba a formarse en tu cabeza, aunque llamarla novela era pretencioso, sólo tenías una serie de recuerdos de tu llegada a la Universidad, del día que conociste a Anna Fante y tus primeros proyectos en la Dirección de Fomento Editorial, pero aunque sólo tuvieras un puñado de escenas, sentías que algo se iba abriendo paso dentro de ti, un rostro, ciertos nombres, alguna escena de la que te podías servir para crear eso que Mario Vargas Llosa (¿plagiando a Gómez de la Serna?) llamó la mentira de la verdad.[34]

---

[34] Una de las greguerías de Gómez de la Serna dice: *El cine es la mentira de la verdad,* imagen que Vargas Llosa utilizó para acentuar lo verídicas que resultan algunas ficciones.

Diez

No sé si antes del fallecimiento, en algún momento del día anterior, o quizá desde siempre, tenían decidido que no iba a haber entierro, y que lo mejor era cremar el cuerpo de tu padre, lo que la funeraria arregló para que tuviera lugar hacia media tarde. Como tú no habías asistido al velorio la noche anterior, tus hermanos te contaron que fue mucha gente, pero que esperaban que la mayoría de quienes querían a su padre vinieran a la misa que estaba convocada para las trece horas. Para ese acto habías pedido permiso de leer un texto que escribiste en la madrugada. En algún momento del día anterior le habías hablado a Anna para darle la noticia del fallecimiento de tu papá, y como nunca te contestó, le dejaste un lacónico recado: *hoy en la mañana murió papá*. Un poco apenada, te buscó en la madrugada, fue a tu casa, estuvo muy tierna recordando todas las veces que tu padre le dijo que la quería, con ella pudiste llorar lo que no habías llorado desde que descubrieron el cadáver de tu papá, y tuvieron una reconciliación que te reconfortó mucho. Mientras estuvieron juntos sentías que tu padre te acompañaba, que algo de él había quedado presente y te rondaba cariñosamente. Cuando Anna se fue escribiste, como si recibieras un dictado, el texto que leerías al final de la misa, no eran palabras de tu papá sino que venían de una conciencia informe que había ido surgiendo en ti.[35]

---

[35] Si te das cuenta, esa conciencia no era nueva; quiero decir que no había surgido ese día, pues desde tu regreso de Barcelona,

Como quedaste de ver a Anna en la funeraria, se encontraron en la entrada y a eso de las diez pasaron al salón, donde se había instalado la capilla, tomados del brazo. Todo mundo sabía que estaban separados, y al verlos juntos varios de los presentes pusieron cara de que no era posible que se hubieran reconciliado así como así. Tú no entendías nada y su reacción te tomó desprevenido. "Es que se te veía muy conmovido por estar con ella", te dijo Benjamín Cann cuando le pediste que te explicara lo que estaba sucediendo, pues parece que a algunos (más bien a algunas) les disgustó la presencia de Anna; consideraban, según te dijo Benjamín, que no debería de haberte abandonado, o al menos, no en el momento en que lo hizo; era cierto que las fotografías que le enviaron fueron ofensivas, que fue humillante que todo mundo las recibiera, para no hablar de la información de los correos, y que todo eso la justificaba; pero tú, decían para defenderte, estabas pasando por tu peor momento, podrías haber enfermado, era claro que tus enemigos buscaban dañarte —metiéndote a la cárcel, por ejemplo— y que Anna se hubiera ido de casa de manera intempestiva le daba la razón a tus perseguidores, o al menos les hacía más fácil su tarea, y por eso se disgustaron al verla

---

o quizá durante el tiempo que pasaste allá, encerrado escribiendo tu novelita, algo había ido transformándose en tu interior y el cambio se aceleró, por decirlo así, cuando empezaste los cursos de kabbalah. La frase que te dijo tu exmujer cuando te regaló el primer curso, *Es la solución que has buscando desde siempre,* resultó más que profética, no porque en realidad estuvieras buscando algo, sino porque en esas clases encontraste las claves espirituales que te ayudaron a reconstruirte, y que finalmente te sirvieron para aceptar la muerte de tu papá como el paso necesario, el último, para comprender por qué habías sufrido tantas desgracias a lo largo de aquel, tu *annus horribilis.*

en el velorio. Una de tus tías, hermana menor de tu difunta madre, que se sentía con cierta autoridad sobre ti, te miró enojada cuando entraste con Anna, te llamó a un lado y dijo qué cómo te atrevías a hacer eso, "esa mujer" —así dijo, *esa mujer*— "te ha hecho tanto mal como tus enemigos, ¿no te das cuenta?". No le contestaste porque no te parecía el momento ni para que te reclamara ni para que te defendieras. Anna estaba ahí para apoyarte, quizá para que regresaran (que era lo que estabas esperando), y su presencia sólo demostraba solidaridad. En realidad no dijiste nada porque no calibrabas el peso de sus palabras, porque no podías bajar al nivel en que esa pelea se llevaba a cabo: casi no habías dormido, la conversación con Javier Rodríguez y la visita que te hizo Anna en la madrugada te agotaron, pero sobre todo —y tengo que decirlo así, *sobre todo*— la presencia de tu padre, ahora que no tenía presencia, parecía impedirte calibrar lo que sucedía.

El reclamo de tu tía fue sólo el preámbulo a la tensión que al poco iba a crearse. No creo que tenga caso contar lo que sucedió —la discusión con tu hija, el aparte que hicieron tus amigos (entre quienes toleraban a Anna y quienes la condenaban), la muina de tus hermanas, en fin, todo aquello—, que de no ser por la sensatez de Benjamín Cann pudo derivar en algo parecido a una pelea campal, pues más tarde, cuando gracias a esa inconsciencia en que te habías instalado, te acercaste al féretro porque lo iban a cerrar para celebrar la misa, y se te ocurrió poner en las manos del cadáver de tu padre el lápiz y el pincel que el día anterior habías tomado de su restirador, la irritación estuvo a punto de desbordarse. Era justo que tu papá se fuera con esos objetos, pensaste, o simulaste que pensabas, habían sido los instrumentos que le dieron sentido a su vida. Anna se quedó un paso atrás de ti, quizás en signo de respeto, quizá por su inveterada timidez; supongo que el acto resultaba tan conmovedor que Gabriela se acercó para darte ánimo; Anna tomó aquel gesto como una intromisión, se adelantó y te tomó del brazo para que fuera ella quien te acompañara; tú, como digo, estabas ajeno a sus sentimientos, no te dabas cuenta de lo que pasaba entre ellas, era como si no quisieras ver que seguías dentro de la novela de Manuel Puig en la que en algún momento del año habías pensado. Por suerte, como dijo Benjamín más tarde, no pasó a mayores. "Se vieron con bastante furia", te comentó, "creo que Gabriela le dijo que entendiera que ustedes estuvieron casados más de treinta años, o algo parecido, y Anna respondió una frase que no alcancé a escuchar, algo como que ahora ella era tu esposa". Tal vez el arrebato de Anna no se debiera tanto a su deseo de estar contigo —a defender su territorio, digamos— sino a que la violentaba que no entendieran la humillación por la que había pasado, y que aun así no se percataran de que como todos los presentes estaba de tu parte. Lo de Gabriela se debía a la solidaridad que mantenía contigo a pesar de su ruptura, lo que le impedía entender que Anna se ofendiera con su *intromisión*. Lo tuyo, en cambio, tu falta de comprensión de lo que ambas sentían, se debía a que estabas incapacitado para bajar a esa realidad que no sabían cómo juzgar, pero que meses después, vía esa novelita en que ibas a contar tu historia sentimental con Anna Fante, comprenderías que llevabas mucho tiempo viviendo en un lamentable estado de inconsciencia, que no te dabas cuenta ni del daño que le hiciste a Gabriela, ni del cariño que ella te tenía; de la misma manera que no te percatabas de lo profundamente herida que estaba Anna, y que sin embargo estaba ahí, contigo, buscando un callejón para perdonarte. Gracias a Dios, Benjamín se acercó e impuso cierto orden. Cuando intentó hacerte consciente de lo sucedido, dijo que habías hecho lo correcto (se refería a poner el lápiz y el pincel en manos de tu papá), pero que era una inconsecuencia que hubieras permitido el pleito: Anna seguía siendo tu esposa y la habías humillado, pero Gabriela, sin serlo, te había apoyado sin condiciones durante los últimos meses: cada una en su lugar y tú en el tuyo. ¿Cuándo ibas finalmente a entenderlo?

Mientras Benjamín repasaba aquel pequeño enfrentamiento entre tus esposas, te acordaste de un cuento de José Agustín, *Amor del bueno*, en el que en una boda las familias del novio y de la novia acaban en la delegación después de protagonizar una pelea memorable. Sólo eso te faltaba. Viste a esas mujeres con quienes habías estado casado en diferentes momentos de tu vida: las dos estaban tristes, compungidas, sinceramente adoloridas, tu padre las había querido mucho y cada una por su lado se sentía abatida.

Tú, sin embargo, no acababas de percatarte de lo que estaba sucediendo. Atendiste la misa con bastante dificultad, hasta que Anna te dijo que tenía que irse, era mejor para todos, agregó, ya te buscaría más tarde. Le diste un beso y dijiste que no se preocupara, después le pasarías el texto que ibas a leer. La viste mientras se alejaba; fuera como fuera, estabas agradecido con sus muestras de amor y esperabas que la muerte de tu padre hiciera el milagro de que regresara a tu lado. Al cabo fuiste rumbo al improvisado altar donde el sacerdote te esperaba, se hizo un largo silencio mientras sacabas unas cuartillas y empezabas a leer una carta en la que reiterabas el agradecimiento con que te habías despedido de tu papá la noche le que confesaste tus desgracias, la noche de la que nadie, fuera de Javier Rodríguez, tenía noticia.

175

México D. F. 24 de septiembre de 2012

Papá:

Hoy ya no tendré que gritar para que puedas escucharme. Estoy seguro de que, entre otras cosas, eso ya lo resolviste ayer, cuando dejaste de luchar y permitiste que la muerte llegara. Hoy sé que me estás escuchando como siempre. Tú sabes, te lo dije muchas veces, que fuiste el personaje más importante de mi infancia, y que mi formación te debe mucho, por no decir todo. Fui deportista inspirado por ti, me volví escritor porque de niño me enseñaste a leer y me diste el amor por los libros, aprendí a ser editor en tu vieja empresa, Súper Ediciones S. A.; mi sentido del humor nació del tuyo, y contigo aprendí a reírme de las contrariedades que he sufrido; me enseñaste a resolver problemas de aritmética sin darte cuenta de que me dabas uno de los privilegios de los que se nutre mi imaginación, pues un día me dijiste, "un problema se resuelve si sabes plantearlo". No sabes lo útil que ha sido esa enseñanza a lo largo de mi vida, tú te referías a los problemas que nos ponían de tarea en la escuela, pero pronto me di cuenta de que era una regla de oro de la vida: cualquier problema que se nos presente encuentra la solución adecuada si sabemos plantearlo. En fin, papá, esto es tan sólo una muestra, pues de verdad te debo tantas cosas.

No todo fue miel sobre hojuelas, también lo sabes, pero en el saldo sé que el hombre que soy, bueno, malo, regular, hábil, tonto o inteligente, te debe más cosas de las que puedo reconocer. Hoy quiero agradecerte todas las experiencias que vivimos juntos, y creo que hablo en nombre de mis hermanos, tus nietos, bisnietos y todos a quienes les brindaste tu cariño.

Hay algo que no alcancé a decirte: con todo lo que me sucedió, con aquellos percances que te conté la última noche en que pude confiarme contigo, me di cuenta de que tenía que regresar a la vida espiritual —tú me dijiste que había un mensaje y un

mensajero, lo que me confirmó que ese era el mejor camino—
y lo he hecho de la mano de una pasión de mis días de estudiante,
la kabbalah, y volví a estudiarla, ahora con un enfoque más
humanista que literario. En estos días he aprendido que los
setenta y dos nombres de Dios están hechos para iluminarnos,
y que uno puede invocarlos para que traigan luz a nuestras
vidas.[36] Ayer en la noche, esta madrugada más bien, hice una
invocación en tu memoria: barajé unas cartas que tienen cada
uno de esos nombres sagrados, y al azar saqué precisamente
la que tiene el nombre que, en este momento de tu deceso, me
acerca a ti. Te lo digo en hebreo pues así está escrito, JET BET
VAV, que se invoca para ponerse en contacto con las almas que
han partido. Se puede pensar que fue una casualidad que sacara esa carta entre todas las demás, pero no fue casual, hay un
orden en la vida espiritual que me permitió tener en mis manos
esta carta cuando aparentemente ya no estás entre nosotros,
y subrayo aparentemente con toda intención. Tú mismo me dijiste, la última noche que hablamos, que tu padre, mi abuelo
Josep, decía que la casualidad es una cita con el destino. Esa
casualidad me citó con esta carta. Déjame leerte lo que dice en
el envés: "La muerte es una farsa. Las almas de nuestros seres
queridos que se marcharon continúan viviendo en una realidad
mucho más auténtica que nuestro mundo ilusorio... Cuando el
cuerpo muere, el alma humana continúa elevándose a niveles
superiores de existencia después de que deja este plano terrenal.
Esta ascensión a veces puede ser difícil si un alma ha acumulado

---

[36] Según el Zohar, los nombres de Dios no lo son en el sentido
que le damos a cualquiera, Alejandro o Juan, sino energías divinas que
se generan a partir de combinaciones de tres letras que fueron entre-
sacadas del texto en que se describe el momento en que Moisés di-
vidió las aguas del Mar Rojo. La tabla completa de estos nombres se
encuentra en el capítulo llamado Beshalach.

equipaje indeseable... A través de este nombre ayudamos a elevar las almas de nuestros seres queridos de manera placentera y apacible".

Yo sé, papá, que tú estarás ascendiendo sin dificultad, que también ahí, en el reino de lo espiritual, tu sentido del humor te va a ayudar, y que la bondad de tu alma será tu mejor apoyo. Si alguien te reclama o te pide una explicación, no le hagas caso y cuéntale uno de los muchos chistes que inventaste a lo largo de tu vida. Quizá no te lo dijimos lo suficiente, pero tus chistes son muy buenos, y nosotros los seguiremos diciendo en tu nombre, verás que hasta Elisa, la más pequeña de tus bisnietas, los va a aprender y se los enseñará a sus hijos.

Vete en paz, papá, ve a encontrarte con tu esposa, mi madre. Hiciste mucho bien, nos diste mucho, y siempre procuraste que la vida fuera divertida. Te vamos a extrañar, pero estoy —todos estamos seguros— de que lo que hiciste en tu vida, hasta el día de tu muerte, ha sido para bien.

Con todo mi amor.

Horas después, mientras cremaban el cuerpo de tu padre y esperabas las cenizas con tus hermanos en una salita, te invadió una sensación que, supusiste, era la revelación que tu papá te pronosticó —el mensaje, o parte del mensaje, que no habías podido descifrar—: tu vida, pensaste de repente, siempre había transcurrido en dos niveles paralelos, el físico y el espiritual, donde, como sucede en las imágenes de un espejo, cada acontecimiento cifraba un significado opuesto, lo que era derecho en un lado, era izquierdo en el otro, pero seguía siendo el mismo acto, la misma experiencia. Intuiste que había una ley que había regido tu existencia, y que los acontecimientos de los últimos meses eran prueba de que habías estado dominado por esa regla inflexible. Un año atrás alcanzaste tu cumbre profesional, ocupabas un puesto que habías deseado intensamente, te concedieron el premio que buscaste desde tu primera novela, te habías casado con una mujer de quien estabas enamorado con locura, y como resultado de ello, en el otro nivel, como si fuera su reflejo, te encontrabas desempleado, despojado del premio y abandonado por esa mujer que, a pesar de sus desavenencias, seguía pareciéndote maravillosa. Una sentencia dirigida a los pueblos se hacía verdad en ti, *aquel que no aprende de la historia está condenado a repetirla*, sólo que el aprendizaje era el siguiente: cada vez que creías triunfar, estabas siendo derrotado; cuando creíste ascender, estabas descendiendo a lo más profundo de tu ser; el triunfo y la derrota eran el reflejo invertido de la misma imagen, sólo cambiaba el ángulo de tu mirada.

No sabías a qué atribuir que te hubieras sumido en aquella reflexión, algo se había desatado en tu interior y viajabas, por decirlo así, de una idea a otra. Supusiste que la carta con los nombres de Dios, que la noche anterior habías elegido por azar, tenía que ver con ello, y te diste cuenta de que no la habías encontrado sólo para reconfortarte de la muerte de tu padre (como escribiste en tu carta de despedida), o para ayudar a que su alma abandonara el plano físico, sino que también la habías escogido para que comprendieras que a partir de ese momento, él, tu papá, desde esos *niveles superiores de existencia* a los que te referiste, iba a auxiliarte: ya no era un inválido como la noche en que le contaste tu desgracia, ya no tenía que conformarse con invitarte a comer, sino que te ayudaría —para comenzar— a derivar una cierta clarividencia que te permitiera comprender la ambivalencia de los fracasos y los triunfos entre los cuales siempre había oscilado tu vida. Estuviera donde estuviera en ese momento seguramente reía complacido y tú, a través de su buen humor, te sentías protegido, tal vez hasta iluminado. Algunos lo llaman premonición, otros, percepción parasicológica, tú no sabrías cómo llamarlo, pero al repetir el nombre —*JET BET VAV*— sentiste que el cariño de tu papá descendía sobre tu cabeza. No era que estuviera a tu lado, sino que sentías a través de tu cuerpo cómo te reconfortaba. Ya no importaban los plagios, si habías copiado cinco o veinte páginas, sino lo que significaba para ti que hubieras copiado; no importaba que Ruiz Elfego los hubiera hecho públicos y el posterior escándalo en las redes sociales: lo importante es que lo habías reconocido en la intimidad, con tú padre, tú y él a solas, y ahora tú y nadie más podías dimensionar la importancia de ese hecho. Lo mismo sucedía con las infidelidades con Anna: ¿qué más daba si en tus desliceshubo cariño, ternura o deseo sexual? No era sólo a ella, en todo caso, a quien le habías faltado, sino a ti mismo, para permanecer encerrado en una perrera maloliente donde la verdad nunca salía a la luz. ¿Qué decir de tus conquistas?, ¿importaba que fueran reales o que hubieran quedado en simples intentos? No habías forzado a nadie, nunca estuviste con una menor de edad, la violencia física fue ajena a tus deseos, pero lo importante no era eso, sino que nunca quisiste escuchar lo que las mujeres querían, nunca hasta este momento, que aceptas que hubiera bastado un acto de humildad, una plática honesta y profunda para no insistir más. Estás frente a ti mismo, frente a la presencia etérea de tu padre —nunca mejor utilizado el calificativo *etéreo*— para rendir cuentas y nunca más engañarte. Déjame recordarte una historia que alguna vez escuchaste en tus clases de kabbalah: un hombre va a ver a un gran sabio y le asegura que está arrepentido de todo el daño que ha hecho en su comunidad; aquel hombre, famoso por hacer justicia, le dice que vuelva a su casa, que medite en su historia, y por cada persona que haya dañado, clave en una pared una tarjetita con su nombre; al poco, el hombre regresa con el cabalista y le dice que ya lo ha hecho, que ha puesto multitud de clavos en una pared entera, y pregunta que si con eso es suficiente; el sabio le dice que no, que ahora tiene que ir a pedir perdón a todas las personas que dañó (como tú hiciste con algunas de las mujeres con quienes quisiste liarte), y que por cada una que visite, lo perdone o no pues ese es asunto de cada quien, regrese a su pared y desclave la tarjetita con su nombre; este proceso le lleva mucho tiempo, pero al fin cumple su cometido, regresa con su maestro y le dice que ha pedido perdón a todo aquel que dañó, quitó todos los clavos, pero que ahora tiene destrozada una pared de su casa. "Así es cómo está tu alma ahora que has pedido perdón", le contesta el cabalista: "le quedan todos los hoyos que produjeron tus actos cuando fuiste inmisericorde con el prójimo. No queda más que resanarlo, y tú tendrás que saber cómo hacerlo". Supongo que comprendes la moraleja. Antes de ir a hablar con tu padre habías ahuyentado la luz de tu vida, te encontrabas sumido en esa tiniebla que parecía surgida de una fábula, y no podías ver tu pared. Expiación quiere decir quedarte a solas con tu alma y decirle la verdad sin atisbo de culpa o perdón, es ver tu vida agujereada, desconchada, cubierta de cicatrices, y saber que puedes hacer algo para repararla. ¿Ves lo que quiso hacer tu padre cuando dijo que iba a ayudarte?

Habías guardado la carta con el nombre de Dios en el bolsillo superior de tu saco, y la extrajiste para observar sus bellas letras arameas. Pasaste el dedo índice repetidamente sobre cada letra, de derecha a izquierda como se lee en lengua hebrea. Se te vino a la cabeza el rostro de tu papá, de una manera que mezclaba todas sus edades, sus rasgos de joven y de viejo, los ademanes que le descubriste en tu infancia revueltos en la mirada con que pedía que lo dejaran vivir solo. Los ojos enrojecidos y llorosos con que te observó la última vez que conversaste con él, encerraban el brillo de su juventud de deportista, mezclado con la alegría inconsciente con que decidió emprender el negocio que, pensó, lo haría rico, y que acabó en una rotunda quiebra. Sus rostros, sus visajes, sus gestos, lo habían transformado en un hombre con todas las edades, que había vuelto para sacarte de las tinieblas. Esa era ahora la imagen de su alma, y con ese rostro que era más que un rostro, te miraba protegiéndote mientras en el cuarto de al lado cremaban su cuerpo.[37]

Te diste cuenta entonces de que en los últimos años tu papá se había instalado en un mundo sin lógica: eso que tú considerabas irracional, eso por lo que corría riesgos que no podía enfrentar, era posiblemente parte de un mundo superior. La vejez, dice Philip Roth en alguno de sus libros, es una devastación, tiene razón si la consideramos desde el punto de vista físico, pero si vemos su reflejo invertido en el plano espiritual, esa supuesta devastación nos eleva al permitirnos esquivar las limitaciones de la razón y destruir la lógica que nos limita. Ya no necesitaba ir a Estados Unidos, no necesitaba reconocimiento, quería contar dinero para saldar cuentas con esta vida, para desgastar de una vez y para

---

[37] Dos días después, a tu hermana Mireya le pasó algo similar mientras limpiaba el departamento de tu papá: acomodaba unos libros cuando sintió una enorme paz. "Como si algo", te contó, "hubiera descendido sobre mí para arrebatarme del dolor. Sentí que mi papá se había hecho fuerte". Antes había presentido el momento de su muerte, y ahí, en su casa —su padre, el tuyo, el de tus hermanos, aquel hombre afable— regresó para darles paz.

siempre su avaricia. Su única necesidad era que apareciera su esposa para poder ayudarla, para ayudarse a sí mismo en la demolición de un yo que cada día se empequeñecía. Por eso, porque la lógica no era parte de su razón, pudo hablar del mensajero y el mensaje, no necesitaba saber nada acerca de Remedios Salazar, conocía el modelo de sobra: su falso primo, tu padrino Gregorio Flores Puig, era uno de sus tantos avatares, lo había visto en tantas ocasiones que percibía su presencia y su sombra: era el mensajero y el mensaje que descubría cuando como un insomne regresaba a su infancia, a su juventud, a sus partidos de futbol americano, a las películas que recordaba y que ninguno de ustedes entendía por qué evocaba con tanta felicidad.

Le achacabas a la vejez lo que se había originado en el alma.

Lo imaginaste en sus noches solitarias regresando al sillón que tenía prohibido, se saltaba la prohibición porque se estaba yendo del mundo y se iría más tranquilo durmiendo en ese sillón. ¿Qué sabía el médico lo que era bueno para él? Nadie comprendía el dolor que se le enterraba como una puñalada trapera en el centro del muslo, ni que lo único que buscaba era un sitio en que sus piernas dejaran de gritarle. En el Reposet dejaba que su ego agonizara.

—El mensajero y el mensaje —dijiste en voz baja.

Hubieras podido comprenderlo desde que leíste el texto que escribió para ustedes sobre la visita que le hizo el espíritu de su esposa, tu mamá, y buscaba una señal para comprender qué era *lo cierto*. Lo que tu padre quería encontrar no era algo comprobable, sino al contrario, le pedía a Dios que le diera la razón en *eso* que nadie podía comprobar, *eso* que estaba más allá de los sentidos: el territorio al que iba trasladándose poco a poco y que resultaba más *cierto* que la pobre realidad en la cual, entre otras cosas, tú sufriste el ataque de tus enemigos. Igualmente podrías haberlo comprobado la noche que te dijo que era avaro y soñaste que quería que vieras su vida desde otra perspectiva. Su *porque soy avaro* era la revelación que te heredaba, la clave para comprender tu sueño. Avaro significa ciego, carente de piedad, egocéntrico, miedoso, todo lo que él había sido mientras buscaba reconocimiento, lo mismo que tú fuiste al frente de la Coordinación General de Publicaciones. La imagen de tu padre moviendo los dedos para contar dinero era el símbolo de su adicción. Tú también habías sido adicto pero por partida doble, por un lado al reconocimiento, y por otro a la ilusión, tus dioses eran Anna Fante y lo que decían y pensaban de ti los demás. Lo peor es que llevaste esa condición a sus últimas consecuencias al creer que, cuando obtuvieras el amor y el reconocimiento de ella, ibas a redimirte, pero el resultado que el destino te tenía reservado era el contrario: te condenaste.

Entre las historias que cuenta Paul Auster en *Experimentos con la verdad* hay una que da sentido a esa suerte de revelación que se te venía encima: un poeta francés crece, como tantos niños de los años cuarenta y cincuenta del siglo pasado, en un hogar de padres divorciados; su madre le cuenta que su padre se fue con una mujer, los abandonó y nunca se ocupó de él; el poeta crece, y aunque es un hombre generoso, tiende al retraimiento y la soledad; un día, años después, en un directorio electrónico en casa de un conocido, encuentra casualmente la dirección de su padre, al que no ha visto en toda su vida, y en quien casi nunca piensa. Sin embargo, ese hecho fortuito, haber visto su nombre y dirección, saberlo real y potencialmente cerca, le provoca una añoranza profunda, y guiado por un impulso le manda un paquete con su último libro; a los pocos días el padre le envía una carta muy cariñosa, y le dice que se enorgullece de que sea escritor, con lo que inician una breve correspondencia para ponerse al tanto de la vida que ha llevado uno y otro. Cuando inesperadamente el poeta va a visitarlo, se entera de que su padre ha muerto y una de sus últimas alegrías fue haber entrado en contacto con su hijo perdido; ante esa circunstancia, tiene que conformarse con conocer a la viuda, que no es la mujer egoísta que su madre le había pintado, y quien reconstruye para él la otra vida, la vida del padre que él no conoció, y queda atónito al saber, si no la verdad, al menos *la otra verdad*. La conclusión de Auster me estremece, sobre todo al compararla con tu historia: "Entonces su vida se convirtió en dos vidas; existía una versión A y una versión B, y las dos eran su historia. Había vivido en las dos en igual medida, dos verdades que se anulaban mutuamente, y desde el principio, sin saberlo, había estado atrapado entre ambas". Era una versión literaria de la revelación que acababas de tener, la vida en el nivel físico y en el nivel espiritual, y tú, como el poeta, *habías estado atrapado entre los dos*. Las experiencias humanas siempre esconden otro pulso, un secreto que los hombres descubrimos a través de una casualidad que supera nuestra lógica, y que tal vez sólo entendemos cuando nos las contamos con honestidad.

Me gustaría aclarar, antes de terminar, que ninguna de las emociones que experimentabas en ese momento se debían a un arrebato sentimental con el que tratabas de mitigar el dolor de la muerte de tu padre, al contrario, su ausencia te pesaba, llorabas a ratos sin poder contenerte, y te dolía no haber estado presente en los breves instantes en que perdió la vida, quizás hubieras podido auxiliarlo, tal vez sólo acompañarlo; pero al mismo tiempo, en esa especie de dimensión paralela que parecía rodearte, te sentías reconfortado por una presencia invisible que —tenías que repetírtelo— descendía sobre ti, y que sin duda era la de tu padre. Esa suerte de comprensión sobrenatural te sorprendía, por un lado, por lo inesperado de su aparición, pero por otro, porque no eras religioso y nunca habías querido refugiarte en ninguna creencia para reconfortarte porque la estabas pasando mal y necesitabas de un alivio, digamos, superior. Siempre habías pensado que buscar un consuelo falsamente espiritual era signo de cobardía, y sin embargo, la manera como comprendías lo que había sucedido ocupaba tu mente, y sí, te sentías reconfortado.

Cuenta Salman Rushdie en su autobiografía, *Joseph Anton*, que el gran error que cometió dentro de los primeros mil días en que vivió amenazado de muerte por la fetua dictada en su contra fue haber cedido a las presiones de los clérigos haciéndose pasar por creyente, y que empezó a enmendar ese *gran error* en el discurso que dio en la biblioteca Low de la Universidad de Columbia, *al desdecirse de lo que había dicho, reinstaurarse en las filas de los defensores de la libertad y dejar a Dios atrás.* Si es cierto que coincidías con Rushdie y pensabas que cobijarse en los dogmas religiosos es de cobardes, y que, además, quien lo hace por miedo se traiciona, ¿por qué entonces recurrías a un nombre de Dios para mitigar el dolor al que estabas sometido?, ¿podías aceptar que la muerte de tu padre era falsa y estaba *vivo* en algún lugar, y al mismo tiempo negar el impulso religioso que parecía esconderse tras este sentimiento?

No había lugar —como se dice en los juicios de la corte— para tal paradoja, pues coincidías tanto con Rushdie como con la presencia de esa divinidad en un nivel de nuestra vida, que por no encontrar mejor nombre llamabas *espiritual*, pero que no implicaba una creencia religiosa. Al retractarse de lo que había dicho, Rushdie no negó a Dios, sino que atacó el poder político-religioso que emitió la fetua y se refugió en la vida laica. No rechazaba los valores espirituales, sino los religiosos. Tal vez esa era la explicación: más que a Dios, tú empezabas a comprender que todos tenemos una vida inmaterial, tan intensa y evidente como la que nos muestran nuestros sentidos, que aunque no podamos palpar influye en todo lo que nos sucede. No se trataba de aceptar un orden religioso (católico, judío o musulmán, con sus castigos, perdones, mil preceptos, incluida la fetua que condenó a Rushdie), al contrario, lo que habías descubierto, y la muerte de tu papá confirmó, era la existencia de *otra* dimensión que obedecía a leyes tan comprobables como las físicas; una dimensión donde estamos tan presentes como en la que vemos y sentimos; una dimensión donde sólo percibimos las potencias del alma, pero que se nutre de las del cuerpo, como la versión A y la versión B de la que habla Auster. Podías decir, por ejemplo, que además de los ojos físicos existían los de la mente (como lo han probado muchos neurólogos), pero que además existen los ojos del alma, con lo que accedemos a la visón trascendente de la vida; sin los ojos físicos o de la mente no podemos abrir los del alma; no era ni a Dios ni a la religión, te referías al alma, que era lo que Rushdie defendía, un alma laica, unos ojos del alma con asiento cerebral.

El ejemplo que tenías para comprobar esa conclusión era la carta que elegiste tras la muerte de tu padre: la número sesenta y ocho, que indicaba que para comprender que lo hubieras encontrado sin vida en el suelo de su casa, debías invocar el nombre de Dios que conjuraba a las almas que se iban de este mundo. La habías elegido al azar después de barajar las setenta y dos cartas del mazo, habías cerrado los ojos y tu voluntad no intervino en la selección, y sin embargo, esa y no otra fue la elegida, la única entre todas que tenía un mensaje particular para ti. En ese momento volviste a observarla, pasaste de nuevo el dedo índice sobre las enigmáticas letras arameas, y sufriste una de las experiencias más acuciantes de tu vida, pues viste dentro de ti que aquella noche final de su existencia, tu papá fue al baño; había despertado pensando en cómo iba a ayudarte, presa de un presentimiento como el que tuvo cuando su mujer lo visitó a las cuatro y diez de la madrugada; tenía que hacer algo, se decía, lo que fuera; supiste entonces, como si alguien te lo dijera al oído, que tu papá sintió un golpe en el pecho y gritó (lo que la vecina del ocho escuchó), se levantó de la taza y salió del baño con los pantalones sujetos con una mano, sintiendo que se asfixiaba fue sorprendido por otro golpe al corazón que le permitió los pocos segundos en que comprendió lo que venía; se desplomó de dolor, quiso caer en el sillón pero no pudo y lo movió de lugar; cayó de espaldas, y ahí, como siempre quiso, en su casa, esperando a su esposa para que lo reconfortara, murió con el gesto de placidez que tenía pintado en la cara; la muerte, por curioso que parezca, no le robó la fuerza sino que se la regresó. Esa fuerza le alcanzó para reconfortar a tu hermana cuando fue a su casa, y a ti, para comprender que todo es al revés de como lo juzgamos. Desenmascarar al mensajero y comprender el mensaje, como hizo el poeta en el relato de Auster cuando escuchó la historia de su padre contada por su viuda. Ahí, en el suelo, el rostro de tu papá se transformó en todos los rostros de su historia, y así, multiplicado en un juego de espejos, seguía a tu lado, al lado de tus hermanos, en el mundo, mientras lo cremaban.

Volviste a sentir que todo lo que había sucedido, eso que alguna vez sentiste como una cachetada metafísica, esa traición inesperada del mundo, fue una bendición, y que en vez de odiar a Remedios Salazar debías agradecerle lo que hizo por ti. Había una realidad lógica pero paradójicamente irreal, y otra ilógica que resultaba insoportablemente real. Tu papá tuvo razón, aunque tú hubieras dicho que era una barbaridad: podemos volar, de hecho en ocasiones volamos, el problema es que no recordamos si lo hemos vivido o sólo lo soñamos.

*No hay cicatriz, por brutal que
parezca, que no encierre belleza.
Una historia puntual se cuenta en ella,
algún dolor, pero también su fin.*

PIEDAD BONNETT

Cicatrices de la memoria de Sealtiel Alatriste
se terminó de imprimir en el mes de junio de 2019
en los talleres de Diversidad Gráfica S.A. de C.V.
Privada de Av. 11 #4-5 Col. El Vergel, Iztapalapa,
C.P. 09880, Ciudad de México.